# 剑客没有剑

马叔 著

长江出版传媒 长江文艺出版社

北京长江新世纪文化传媒有限公司

www.cjxinshiji.com

出品

目录

本故事纯属虚构

您可千万别当真

第一章

▽

# 一失足成大人物

我是一个剑客，但是从来没有人看到过我的剑，不是因为看到我的剑的人都死了，而是因为我从来就没有剑。

听起来有点像绕口令，说简单点就是我是一个口才很好的剑客。一个口才很好却没有剑的剑客，就像一个乐感很好却不会炒菜的厨师，一个擅长跳舞却不会打仗的将军。因为选错了职业，站错了位置，而显得很没用，且与这个世界格格不入。

但人生在世，很多时候，由不得我们选择，我们只能被命运的车轮推着走，命运给我们什么，我们便接受什么。正所谓干一行，爱一行，嫁鸡随鸡，嫁狗随狗。偶尔挣扎一下，只会让现实这条绳子，勒得更紧。

我曾经有一个师父，他告诉我，剑客所追求的最高境界是人剑合一，而不是形式上的剑不离身。只要心中有剑，那么世间万物皆可为我所用。

师父说完这些，就死了。没有留给我武功秘籍，也没有告诉我怎样才能达到人剑合一的境界，甚至没有留给我一件可以防身的武器。板砖倒是有，但用那种武器有损一个剑客的身份。

师父死后，我开始行走江湖，由于没有达到人剑合一的境界，遇到对手的时候我常常被砍得血肉模糊，但由于我跑得快，所以一直活到现在。

我身在江湖，却融入不进这个江湖。

如前所述，一个没有剑的剑客，就像一只没有翅膀的鸟。我试着向鄙视我的人讲述人剑合一的道理，可是他们听不完一句话就拔剑相向，在他们看来，剑客的嘴巴只是用来吃饭的，像我这样废话连篇的人，简直是侮辱剑客这个行业，应该被千刀万剐。

可是众所周知，人只有在喜欢的人面前，才会像个话唠。在不喜欢的人面前，谁都会扮高冷，我不高冷，只是因为我喜欢的人太多了。

也曾有人劝我放下屠刀，改行说书。可是我没有屠刀，我啥武器都没有，怎么放下。再者就算我想放下，官府也不允许，因为我杀过人。

那是在蓟城，我那时还不是剑客，迫于生计，我在一家客栈做店小二。某天深夜，有客人来住店，睡前要了一碗牛肉面，吃完面后，他问我面里为什么会有一只苍蝇，我说我只是个店小二，不是算命的。如果一定要知道面里为什么会有苍蝇，需要再付一两银子，我去请本城最著名的青年算命师来告诉他。他听完我的话，冷笑一声，就去拔剑。

那时候的剑客就是这样不讲道理，还好我早有准备，撒腿就跑。他举剑在后面追我，由于不熟悉地形，从楼梯上滚了下来，摔到了头，死了。按道理说，剑客是不受法律保护的，死了活该。可问题就在于他是一个外国剑客，而且我们国家的公主刚嫁给他们国家的王子，我的行为破坏了国际间的友谊，于是我就被关进了大牢，等待秋后问斩。

我在牢里待了半年，终于到了秋天，谁承想皇帝生子，大赦天下，于是我的刑期又往后推迟了三年。这三年里我思考了许多人生道理，比如与其做一个老实本分的店小二，不如做一个横行霸道的剑客。虽然前者包吃包住还有工资，后者四处漂泊居无定所还要常常饿肚子，但是人不能只满足于衣食住行，应该在精神上有所追求——由此也可以看出，大难不死未必会有后福，但大难不死之后，人的想法肯定会变。

有了和命运抗争一下的想法之后，我就开始协助一个要越狱的人挖地洞，这个人是个真正的剑客，行走江湖多年，杀人无数。

我们用了两年多的时间，挖出一个洞逃了出来，逃出来后，他由于太兴奋太激动，很快就死了。临死之前我告诉了他我想做一个剑客，他告诉了我剑客应该有什么样的追求。

这个人就是我的师父，剑客除了有剑之外，还应该有个师父，这是江湖上的规矩。江湖上总是有许多这样那样的规矩，我讨厌规矩，但是没有办法，毕竟人在江湖，身不由己。我因为没有剑，受尽了鄙视，如果再连师父都没有，那就太对不起剑客这个行业了。

成为剑客以后，我却再也没有杀过人，不是我不想杀人，实在是没有机会，就算有机会，也没有能力。

为躲避官府的通缉，我去了趟高丽国，整了容。以前我特别帅，在客栈做店小二，每天可以拿到不低于五两银子的小费。整容之后，连我自己都认不出自己了，口眼歪斜不说，以前那乌黑亮泽的头发也掉光了。这样一来，即使我想回去做店小二，也不一定会被录用了，客人看了我，一定会食欲大减失眠多梦记忆力减退。

第二章

▽

# 磨剑霍霍去咸阳

战国时期，剑客分很多种，有的隐居山林独自修炼最终被野兽吃掉，有的漂泊四方行侠仗义最终成为一种传说，也有的混迹于市井之间恃强凌弱最终被人砍死。像我这种刚入门什么都不会，连温饱问题都无法解决的，就只能躺在街边睡觉了。

虽然我每天都躺在街边睡觉，看上去和其他乞丐一模一样，但要是有人和我聊天，就会发现我和那些乞丐还是有区别的。乞丐躺在街边睡觉是在等待施舍。我躺在街边睡觉，是在等待时机。同样是等待，但是因为等待的东西不同，身份自然也就不同。

我想，总有一天会有人来找我，请我吃红烧猪蹄或者卤鸭子，给我一袋金子，让我去杀某个人。我的与众不同就像千里马一样，迟早会被伯乐发现。杀人是一项多么刺激的工作，虽然有些危险，但是如果不杀人，我就永远达不到人剑合一的境界。

就这样从春天一直躺到冬天，天气越来越冷，总在街上躺着也不是办法，我只好起身四处溜达。有一天，我看到墙上贴了张告示，说是太子打算招募一批勇士，只要勇敢就可以，干过杀人放火的勾当也不会追究。我有些心动，但又怕是个骗局，直到很多剑客都进了太子府，领到了俸禄，分配到了房子，我才去报名。由于我曾经杀过人，再加上整容后相貌狰狞，所以很快就通过了面试，没过多久，就成了太子府上的正式门客。

那时候流行养门客，齐国有孟尝君，魏国有信陵君，楚国有春申君，赵国有平原君，现在我们燕国也终于有了太子丹。门客的待遇分为三等，头等门客吃的是鱼肉，出入有车马；二等门客吃的也是鱼肉，可没有车马；三等门客只吃些粗茶淡饭，反正饿不着就是了。我就是那三等门客，可即使如此，也比躺在大街上挨饿受冻强。

因为门客中武艺高强者甚多，所以我平时言行谨慎，不和他们发生冲突，也不和他们交朋友。除了这些门客，还有两个上宾，一个叫樊於期，原本是秦国的大将，他煽动秦王政的兄弟长安君造反没成功。长安君被杀了，樊於期就逃到了我们这儿投奔太子，太子在易水的东边给他盖了一所房子。另一个叫荆轲，他是个剑客，太子对他最亲切，把自己的饭食给他吃，自己的衣服给他穿，也在易水东边给他盖了一所房子。

荆轲有个好朋友叫高渐离，容貌秀美，擅长击筑（击弦乐器，颈细肩圆，中空，十三弦）。他们俩常常一个击筑一个唱歌，说实在的，荆轲的歌声很难听，能把不哭的小孩儿吓哭，也能把哭着的小孩儿吓得不哭，但因为他是太子的上宾，所以大家都忍着不去羞辱他。

就这样，我们像猪一样被太子养着，除了吃饭睡觉长肉，不需要做任何事。久而久之，很多剑客都放松了对自己的要求，以前练武是为了杀人以及防身，现在没机会杀人了，练武就显得多余。他们的剑常常随便乱放，有时候我无聊了就拿他们的剑耍一耍。我毕竟是有追求的人，所以一直对自己严格要求。比如不吃肥肉和甜食，晚饭后一定去跑步等等。

樊於期有时候会把我们召集到一起，告诉我们不能太懒惰，万一哪天太子需要我们了，我们得拿出自己的力量去战斗。然而没有人听他的，他是秦国人，说话很慢，方言很重，多数时候我们都听不懂他在唠叨什么。即使听懂了，也没人放在心上，毕竟已经过去两年了，太子也没叫我们做什么。我想，多数人是看不惯樊於期，因为他是逃跑来的，因为他是外国人，因为他的待遇比我们好。

然而我并不反感老樊，毕竟他是当过将军的人，当过官的人都喜欢讲话。在我们燕国，没有人听他讲话，实在太委屈他了。后来樊於期也看出大家不怎么欢迎他，同时也看出我不怎么反感他，于是他就不再来找我们讲话，偶尔想讲话了，就派家丁叫我到他的府上。

众所周知，我的腿比我的剑快，我的嘴比我的腿快。作为一个剑客，这是让人鄙视的。但是如果和人聊天，就会被仰视。然而我说的话通常都没什么趣味性，会让人感到无聊以及讨厌。如果对方心脏不好，生活有压力，常常会被我滔滔不绝的废话搞崩溃。然而老樊喜欢听我说话，那时候还没有"好基友"这一说法，所以我和老樊勾肩搭背的并没有引起人民群众的鄙视。老樊偶尔会教我怎么用剑，然而只是用剑切切萝卜黄瓜之类的。老樊说，假如我把剑法练好了，以后会有大用场。

和老樊混熟之后，我让他介绍荆轲给我认识。荆轲见到我，第一句话就问："你妈贵姓？"

我暗想人家不愧是太子的上宾，房子不是白住的，酒肉不是白吃的，车马不是白坐的。说话这么豪迈的人，天下除了荆轲，还能有谁。为了不使对方看轻我，我也很豪迈地说："我爸姓秦。"

我们就这样认识了。

荆轲说，他很欣赏我的干脆利落，大丈夫就该这样，磨磨蹭蹭的人都该拿剑剁了。他的话我很害怕，因为我虽然平时表现得很爽快，关键时刻却是一个磨磨蹭蹭的人。我担心迟早有一天，荆轲会发现我的本质，然后把我剁了。若想不被他剁，要么跑，要么达到人剑合一的境界。于是我开始很卖力地向老樊学习剑法。

有一天，我正在用老樊传授的剑法给蚊子割双眼皮，刚割完一只，又飞来一只苍蝇。老樊捉住那只苍蝇递到我手里说："再给它做个包皮环切手术吧。"

我接过苍蝇，抛到空中，甩手一剑，就完成了手术。

老樊看后大喜，说："你小子连麻醉药都不用啊，够快，我毕生的绝学都被你学到手了，而且在'稳、准、狠'这三个字上，你比我把握得更好。"

听了这话我心中暗笑，"稳、准、狠"这三字要诀其实是我在和那帮三等门客抢菜吃的时候练熟的。

老樊表扬我的时候，荆轲也在场，但是他没说什么恭喜之类的话，他只是颤抖着脸上的肥肉自言自语地说："时机终于到了，终于到了，终于到了。"

我不知道荆轲说的时机是什么，我只知道等会儿老樊肯定会请我吃烧鸡。正想着要不要去后院挖点大葱等会儿就着大饼和鸡肉吃的时候，太子来了。

太子这个人，过去非常高冷，也就老樊和荆轲能跟他唠唠，像我这样的三等门客，基本上没有直接跟他对话的机会。虽然随着秦国疆域的扩大，太子越来越随和了，但那也只限于对一等门客和二等门客。

结果这一次太子来了之后，直接拉住了我的手，语重心长地对我说："秦国屡次侵犯燕国，占我国土，杀我国人。若我们不灭秦国，就要被秦国所灭。在兵力上，我们远不是秦国的对手，所以我打算派你和荆轲去刺杀秦王。秦王一死，秦必乱，到时候我们就可以收复我们失去的土地，救回我们被俘虏的国人。"

随着武功的提高，我智商也长了不少，虽然太子说得大义凛然的，但还是改变不了他是让我们去送死这一事实。我看得很明白，就算我们杀了秦王，我们也很难跑出秦国，到时候，我们不但是燕国的英雄，也是秦王的陪葬品。

可惜没等我想好怎么回答，荆轲就一口答应了。他答应的速度之快，让我觉得他要么就是跟太子商量好的，要么就是缺心眼。虽然说食君之禄，忠君之事，可我这一生短暂凄苦，还没过几天好日子，就这样死了，实在让人不甘心。而且太子肯定是在我周围安插了眼线，不然我刚露了一手绝活，他怎么就立刻知道我武功精进了。既然他不信任我，我又何必死心塌地对他？我唯一觉得值得我肝胆相照的，只有老樊一人。

就在我想看看老樊怎么看待这件事的时候，荆轲抬手便搂住了老樊的肩膀："秦王害死了将军的父母宗族，还出重赏要将军的脑袋，将军不想报仇吗？"

老樊一听荆轲说这些，眼泪就掉下来了，他咬牙切齿地说："我一想到秦王那个浑蛋，恨不得将他剁成几块扔在旷野里喂狗。可他是一国之君，身边随从上万，高手上千。我一个人去行刺的话，得手的概率等于零啊。"

荆轲嘿嘿一笑，说道："我有个主意，不但能帮燕国解除祸患，还能替将军报仇，可就是说不出口。"

老樊连忙问："什么主意？你赶紧说啊！"

荆轲刚一张嘴又闭上了，老樊见他话到嘴边又咽了回去，就催他说："只要能够报仇，就是要我的脑袋我也乐意给，你还有什么不好说出口的啊？"

荆轲说："还真被你说中了。我决定去行刺，怕的是见不到秦王。要是我能拿着将军的头颅去献给他，他准能让我见他。到那时候，我左手揪住他的袖子，右手拿着燕国制造的匕首，猛扎他的胸脯。我左扎扎右扎扎，不信扎不死他。他死了以后，将军的仇、燕国的恨、列国诸侯的恐惧就都了结了。将军您觉得这主意怎么样？"

老樊说："我天天想着这事，你还怕我舍不得这颗人头吗？好吧，你拿去，祝你马到成功！"说完，老樊就夺了我手上的剑，挥剑自刎。我看得目瞪口呆。老樊平时挺磨叽的，关键时候这么爽快，和我刚好相反。

老樊死后，荆轲把他的头割下来，包好，装进木匣子里，然后对我说："你可以随我一起去吧？我怕万一我杀不死秦王，那老樊死得就太冤了。"

我看了看太子，他一脸的期待，看了看荆轲，他一脸的杀气。我想，如果我不答应，那就对不起太子这几年来的照料，更对不起传授我剑法的老樊，他都已经舍弃了头颅，我还怎么好意思贪生怕死。刺秦的计划已经说给我听了，如果我不去，荆轲肯定要先杀了我灭口。没办法，我只好点了点头。

荆轲说，除了人头，我们得再带张地图，到时候连头带地图一同献给秦王，匕首就藏在地图里。

动身那天，太子穿着洁白的孝服到易水送我们，荆轲兴致很高，喝完酒，大声唱着："没老婆兮真可怜，吃饱不饿兮不思返！"

荆轲虽然没有老婆，但是府上有很多姑娘伺候，我却连姑娘的手都没牵过，所以他的歌声让我很愤慨。但我没说什么，我只是低头猛啃猪蹄，吃了这顿，下顿能不能吃到都不一定了。燕国制造的匕首虽然锋利，但秦王的胸脯不是鸡大腿，不是随随便便就能左扎扎右扎扎的。

高渐离要随我们一起去，被荆轲拒绝了。荆轲说有秦舞阳陪着就足够了，他已经学会了老樊的全部剑法。其实我一点儿也不想去，秦王和我没有冤仇，我为什么要杀他。我不像荆轲那样，为了出名可以连性命都不要。

啃了五个猪蹄，喝了八碗酒，我就上了车，上车后我倒头便睡，醒来后就到了咸阳。

秦王听说我们带着樊於期的人头和燕国的地图，就召见了我们。我拿着地图，荆轲捧着装了老樊人头的木匣子，一步一步地上了秦国的朝堂。秦王看了老樊的人头，很开心，荆轲就趁机拿着地图指着上面的城池给秦王看，到地图全部打开，匕首就露了出来。

秦王看到匕首，有些迷茫，就问荆轲，这把匕首是贵国的国宝吗？荆轲说，能杀了你就是宝，杀不了你就是块废铁。秦王一听这话，立刻蹦了起来，荆轲连忙抓起匕首，扔掉地图，左手抓着秦王的袖子，右手刺了过去。秦王使劲向后一转身，袖子就断了。

断了袖的秦王一边跑一边说："不统一六国能行吗，你看看我们国家的纺织技术，太落后了。"

荆轲一边追一边说："纺织技术好的国家都在江南，你冲我们燕国派什么兵啊！"

秦王说："你们国家的冶铁技术好啊，你看看你手上的匕首，光滑锋利，不但能砍柴杀人，还能当镜子用。"

荆轲说："你太贪婪了，不杀了你，天下就不能安宁。"

在秦王奔跑的途中，荆轲曾追上过一次，刺了一剑。挨了一剑的秦王愣了一下，在荆轲要刺第二剑的时候，秦王又跑了。秦王边跑边笑着说："我们国家的纺织技术虽然不行，可是我们国家的养殖技术是你们这些弹丸小国不能比的，刚才你也看到了，你刺了一剑，寡人毫发无损，为啥？内衣好呗！咱这内衣可是用上好的羊皮做的，不但柔软贴身，保暖防寒，关键时候还能防刺客。"

荆轲说："你这只披着羊皮的狼，有本事你就站住让我刺上三剑，看看是你们国家的羊皮结实，还是我们国家的剑锋利。"

秦王说："你这要求提得好，可是就算寡人答应，寡人的手下能答应吗？"

说这句话的时候，秦王格外加重了"手下"这两个字的音量，这让周围愣了半天的文武百官顿时回过神来，他们拿起桌椅板凳茶壶茶碗就往荆轲身上砸，寡不敌众，荆轲受了伤，被随后冲上来的卫士生擒。

荆轲刺秦王的时候，我就站在旁边，然而我没有动手，不是因为手上没剑，而是我在迷茫之中。我觉得，时机还是没到，我们来得有点早。我想我们应该在秦王洗澡的时候行刺，那时候他光着身子，荆轲一定可以一剑使其毙命。

　　等我回过神来，朝堂下的卫士已经扑上来要捉我。我撒腿就跑，一口气跑到了高丽国。我打算整容后再回去，练成了人剑合一再去刺秦王。

第三章

▽

# 出师未捷成逃犯

战国时期有一句广告词儿家喻户晓："美丽的身体，美丽的人生，美丽从高丽国开始。"

刺杀秦王未遂后，全天下都在通缉我。没有办法，我只好逃到高丽国做整容手术，手术进行了几次，直到我自己也认不出自己了，才满意地回到了中原。

这个时候，雇佣我杀秦王的太子丹已经被杀了，燕国也搬迁到了辽东，韩国已经被秦国兼并，赵国只剩下一个代城了，秦王一统天下已是大势所趋，差的只是时间。

受战乱的影响，我不停地漂泊。因为有了樊於期传授的武功，我每天都可以吃到红烧猪蹄，我不喜欢杀人，但是每个月也会杀几个不得不杀的人。

我时刻不忘自己的追求，但是随着时光的流逝，我多少有些怀疑师父所说的话，人剑合一的境界或许只是剑客们的一种幻想，现实中没有人可以达到那种境界。然而达不到那种境界，就不能去杀秦王，这是我作为一个武者的原则。

我觉得我活着，就是为了两件事。一件是达到人剑合一的境界，另一件就是刺杀秦王。如果我达不到人剑合一的境界，就杀不了秦王，可能还会被秦王所杀，我不怕死，只怕死之前不能达到人剑合一的境界。

没有人告诉我，该怎么做才能实现自己的理想，也许坚持到死都一无所获，也许明天就会遇到转机，我只能心存期待地活下去。

在我很小的时候，就有一个梦想，等我长大了，要周游列国。我想读万卷书，行万里路。我想穷则独善其身，达则兼济天下。

我没想到，我会一直穷，穷得读不起书，穷得上不了路。每个月的工钱刚好够吃饭，有时候还要饿肚子。

长大后的遭遇和我小时候的梦想差太远了，我曾经以为我遇到的所有挫折困难都是天将降大任于我，时间久了，我渐渐发现，世界不是围着我转的，像我这样渺小的人，世界上太多了。

世界不会为我改变，你看，我还没有周游列国，列国就没了。我如果乐观一点，就可以骗自己说，秦王是为了方便我周游列国的时候不用出示通行证而兴兵打仗的，但这毕竟是自欺欺人，再乐观也改变不了我是个逃犯这一事实。

但成长还是带来了一些变化，我已经有了天下无敌的本领，虽然还不是我自己心中的无敌，虽然还没有达到我对自己的要求，但已经远远超过了世人对一个剑客的要求。

再也没有人敢嫌我啰唆了，但没人敢嫌了，我反而开始变得沉默。遇到对我不敬不服的人，我不用巧舌如簧地编排脱身之策，不用扔掉身上能扔掉的一切负担拼命狂奔，我只需要拔出我的剑，看着对方血流成河。

到了这个时候，我开始理解当年杀我不成，跌到楼下摔死的那个剑客了。如果现在有人敢那样戏要我，可能我也会手起剑落。

人到了不同的高度，看问题就会变。当你可以俯视众生的时候，众生的命运，俗世的纷争，很难再左右你的行为。

说了这么多废话，其实就是想说，我现在已经这么牛了，我虽然是一个逃犯，但是整了容也没人能认出我，就算有人能从我师承老樊的剑法上联想到我的身份，也没法活着把联想说出去。

既然如此，小时候周游列国的梦想，也就可以去实现了，读不了万卷书，但我可以行万里路啊。

列国之中，我最向往中原，虽然周天子不在了，但王者之地，总会留下一些神迹，我觉得去逛逛，也许有助于我练成人剑合一。

然而到了之后，才发现真是看景不如听景，八百年历史的大周朝在遭遇了秦人两次洗劫之后，已经毫无帝王气象，也许是九鼎移位的缘故，我把整个中原逛遍了，也没感受到一点点功力突破的迹象。没奈何，我只好随着动乱的人流，去了相对富庶，相对来说能跟秦国较量一下的楚国。

第四章

▽

# 拐个萌妹做新娘

在楚国漂泊的时候，我认识了一位姑娘。她只有十二岁，但是可以看出来，她长大了会是个性感迷人的姑娘，我父亲在世时，就常常教育我说，要用发展的眼光看姑娘。我看到这个姑娘后，就想停止流浪。

姑娘的父亲是个酒馆老板，由于战乱，姑娘的弟弟和母亲都死了，她和父亲相依为命。我本来不爱喝酒，但是为了看她，我每天都到他们家的酒馆去。

去的次数多了，就和她混熟了。这种熟是心灵上的，平时我们并不说话，只用眼神交流，从每一次我要一斤酒她都给我一斤半这一点来看，她是喜欢我的。当然，也不排除她想让我喝醉了然后多收我点儿银子的可能。

不过无论动机是什么，这举动是让我着迷的，或者也可以说成感动。因为爹妈去世得早，我严重缺乏母爱。我觉得这个十二岁的卖酒少女，是第一个对我好的异性。我很有必要去珍惜她，爱护她。

可惜她父亲对我的态度并不像她那么好，因为他们家养了猪。这个小镇上养了猪的人家对我的态度都不好，因为我每天都会割一些猪蹄吃。因为是老樊亲传，再加上这些年我行走江湖，拿不少人练剑，现在我的剑已经快得像龙卷风一样了。那些猪被我割了脚之后根本感觉不到疼，只觉得腿上微微一凉，然后身子就倒了。等到猪们明白过来，发出疼痛的尖叫，我已经把猪蹄烤熟吃进肚子里了。

猪的主人虽然知道是我吃了他们的猪蹄，也拿我没办法，他们不敢惹我，因为我是一个剑客，剑客通常都是不讲道理的。如果剑客讲道理，我现在恐怕还在蓟城当店小二。久而久之，这个镇上再没人养猪。没有猪蹄吃的日子是寂寞的，看世间万物都像猪蹄。

好在那姑娘很快就长到了十四岁，并且如我先前预料的那样，长得一顾倾人城，再顾倾人国。在战国时期，姑娘满十四岁，就是嫁人的年龄了，每天都会有媒婆上门提亲。为了表示诚意，我花钱请了方圆百里最权威的媒婆去帮我说和，但姑娘的父亲一听说我是个剑客，立马就回绝了。这让我感到很没面子，我一感到没面子，就会做傻事。

在一个月黑风高的夜晚，我拿了一个大口袋，穿上夜行衣，跳到姑娘家的院子里，踢开姑娘住的房门，将穿着肚兜正在床上酣睡的姑娘装进口袋里，然后往肩上一扛，施展轻功，一口气跑了八百里。

天将亮时，我停下了脚步，口袋中的姑娘仍在酣睡，我不忍心弄醒她，就去附近的人家借了几件女孩儿穿的衣服。借衣服的时候，我看到这户人家养了几头肥猪，就顺便割了几个猪蹄。等到我把猪蹄洗净烤熟，姑娘就醒了。

很多年后，姑娘告诉我，那天醒来，看到自己穿着肚兜躺在树林里，身上盖着一个陌生男子的衣服，又看到我手中的猪蹄和我贪婪的眼神，她就明白了自己的遭遇。她没有哭，她是个随遇而安的人。她说她小时候，常听外婆说，幸福的生活，要从恋爱开始。

我见她醒了，就对她说："姑娘你好，我叫秦舞阳，燕国人，曾经刺杀秦王未遂，我是一个剑客，我的理想是达到人剑合一的境界以及刺杀秦王。"

之前我从来没有这样对她说过话，虽然我每天去酒馆都可以看到她，可我每次都只是默默地喝酒，付钱，走人。那时候我觉得能和她待在一起被她含情脉脉地看上几眼已经是奢侈的，是否说话都不重要。然而此刻她已是我的人，做一下自我介绍还是很有必要的。

她听了我的话，嘴巴张得好大，很惊恐的样子，直到我把烤熟的猪蹄递给她，她才恢复正常的表情，她说："贱客？"

我一脸黑线，如果她不是我喜欢的姑娘，我真想一剑结果了她。但没办法她就是我喜欢的姑娘，我只好认真地纠正道："你们南方人听不懂我们北方的方言也就算了，你总不会没听说过我吧，我是秦、舞、阳！当今之世最厉害的剑客，跟着我念，鸡一安，剑！"

"剑客？秦舞阳？哦哦哦我知道了，可是，我听说你刺杀秦始皇的时候吓尿了，后来被斩首了。"

"那是传说，难道你没有看到秦兵在通缉我？也对，通缉令可能还没贴到你们这里，不过肯定快了，我这里有一张，不信你看看。"我从怀里掏出一张我从北方的城墙上扯下来的通缉令，像递户籍证明一样递给了她。

她看了半天，总算是看懂了，看懂之后立刻像躲瘟疫一样躲到了我一丈之外说道："哇哇哇，原来你真的是秦舞阳，你好勇敢。这通缉令上说你的头颅现在比一个国家还值钱，你告诉了我你的身份，不怕我去告发你吗？"

我叹了口气，啃了一口猪蹄，边嚼边说："告发了我又如何，普天之下，有几人能取我的头颅。更何况你们楚国和秦国有那么深的仇恨，你怎么会去告发我呢？"

姑娘听了这话，沉默了一会儿，发现自己手里还拿着猪蹄，就啃了起来。两个猪蹄下肚，她打了个饱嗝，问我："你要带我去哪里？"

我想了想说："我也不知道要去哪里，其实去哪里都可以，我是一个剑客，四海为家，去哪里对于我来说都是一样的。你有没有特别想去的地方？"

姑娘一听这话眼睛红了："我想回家，我不想就这样跟你走了，我爸爸现在一定在四处找我，我妈妈和弟弟都死了，我是他唯一的亲人，失去了我，他会很难过的。"

我冷笑道："你不能回去，你回去了你爸爸就不会让你跟我走了。你要知道，我是一个剑客，像土匪一样的剑客，如果我抢了你又把你送回去，一来会被人笑话，二来也违背我作为一个武者的原则。希望你不要让我为难，再想一个别的去处吧。"

姑娘踌躇了一会儿说："那就去且兰国吧，我的老家在那里，是战乱让我们背井离乡，不知道我外婆是否还活着，你能带我去吗？"

滇王庄蹻原是楚国的将军，奉楚王之命西征，收且兰国，灭夜郎国，统一了滇池地区，后欲归国报功，因为秦国派人夺取了蜀地以及楚国的黔中郡，归路被切断，庄蹻便率其部属两万余人留驻滇池地区，自立为王。

去往且兰的路上，我给姑娘取了个名字叫布小乐，她是苗族人，原来的名字叫云布绛茜乐，叫起来太绕口了，而且不好记。她很喜欢我给她取的名字，一路上缠着我讲故事。小乐问，为什么你当初不帮荆轲杀了秦王。于是我告诉了她一些我在燕国做门客时的事。

当初，太子丹为了让荆轲去刺杀秦王。百般讨好荆轲。有一次设宴请荆轲，我和老樊作陪。宴会上，太子丹特意叫来一个能琴善乐的美女为荆轲弹琴助兴。荆轲听着悦耳的琴声，看着美人那双纤细、白嫩、灵巧的手，禁不住魂飞天外，连声赞叹道："好手！好手！"并一再表示，"但爱其手。"听到荆轲的称赞，太子丹立即命人将美人的双手斩断，放到一个盘子里，送给荆轲。

那件事对我触动很大，我觉得秦王确实可恨，但太子丹也绝非好人。我当时若是杀了秦王，天下人只会觉得我是帮太子丹杀秦王。帮一个小坏蛋杀了一个大坏蛋，在我看来是件很不光彩的事儿，所以荆轲被擒后我就跑了，我觉得我和他们不是一路人。

小乐说，我喜欢你的特立独行，不过你以后能不能不要随便杀人，我们才走了一半路，你就杀了五个人了。我害怕血腥的场面，我希望你温柔点，尤其是见到外婆后，千万要斯文。

小乐是个混血儿，父亲是楚国人，跟随庄蹻西征，收复且兰国后，就驻扎下来，娶了苗女为妻，生了布小乐。小乐十岁时，父亲思念故土，带着一家人逃回了楚国。之后战事频繁，小乐就没有再回过且兰国。

我们到了小乐以前生活的寨子，却找不到她的外婆。当地的苗人说，小乐的父亲逃走后，在当地造成了很恶劣的影响，很多楚国士兵效仿小乐的父亲，带着妻儿逃了回去，后来酋长就杀鸡儆猴，杀了一部分人，赶走了一部分人。那次之后，小乐的外婆就不知所终了。我们在小乐以前住的空房里住了下来，有空了就去附近的寨子打听小乐外婆的下落。

由于没有见到外婆，所以我到了苗寨以后并没有斯文起来。面对陌生人，我很少说话，因为大部分人是听不懂我的话的。遇到能听懂我说话的人，我就滔滔不绝。打听到对方家里养有猪，半夜我就会去割猪蹄吃。我想我在这里不会生活太久的，就算这里的人不怪罪我吃了他们的猪蹄，我也不习惯这里的环境和气候。

且兰国的土地是红色的，土地上面长满了灌木和高大的竹子，我平时只在我们住的寨子附近溜达，怕一走远，就找不到回来的路了。

且兰国的节日很多，斗牛杀鱼祭神祭树等都是节日。节日里他们要大碗喝酒大块吃肉，连女人也痛饮狂歌。且兰国的女人很可爱，大都长着圆滚滚的屁股，高高的个子，宽宽的肩膀，细细的腰。节日里她们穿着百褶裙，身上头上挂满了银饰，几千人在一起跳舞，特别壮观。

在苗寨待了一年，还是没找到外婆。小乐打算继续找下去，我却待不住了。我不喜欢这样平静的生活，每天都是做重复的事，一点儿意思也没有。小乐不愿意随我出去，理由是外面太乱，出去了可能就回不来了。我舍不得小乐，只好继续待在苗寨里。由于心情不好，我常常和人发生争斗。苗寨里没有人是我的对手，时间久了，我擅长打斗的名声就传了出去。这时候我已经改名叫郁小闷。

有一天，且兰王派人来找我。这个时候的且兰国已经名存实亡，王室成员虽然都还活着，但军事和政治以及经济等都由楚国人掌管。且兰王希望我帮助他复国。吃完且兰王送来的猪蹄，我什么也没说。直到小乐回来，我才对小乐说，我想出去做点事儿。

小乐叹了口气说："我知道你过不惯平凡的生活，再留你只会把你憋出病来。你若执意要走，我只希望你能早点回来，还有就是少杀无辜的人。以后不要吃太多猪蹄，你才二十出头，肚子已经鼓得像个孕妇，实在很不雅。"

辞别了小乐，我跟随且兰王的手下前往且兰城。路上我觉得有人跟踪，就让且兰王的手下先回去，然后潜伏下来杀了跟踪的人。我想跟踪我的人大概是滇王的部下。杀人的时候，我想起了小乐的话，但还是没有手软，把跟踪我的人全部杀了。这时候我觉得我真的是一个剑客了，不带任何家国恩怨的剑客，剑客只忠实于自己的剑，剑客只对自己的剑有感情，剑客可以杀任何人。

到了且兰城，且兰王把我安排到王府里，每日派香软的美女伺候我，不让我做任何事。偶尔找我下下棋聊聊天，就像对待自己的表弟一样。

我想，且兰王大概是在和我培养感情，他是怕我变节，怕我杀不了他要杀的人，反被他要杀的人收买。当初太子丹对荆轲就是这样，只不过且兰王对我更好。在王府住了半个月，我就开始怀念和小乐一起住的苗寨。我常常这样，在一个地方待上一段时间之后，就拼命想离开，觉得再不离开自己就会疯掉。等到真正离开了，又开始怀念那个地方。

且兰王最终和我结拜为兄弟，并且昭告天下。这样一来，他日我若背弃了他，必然会遭到天下人的耻笑。我佯装受宠若惊，每日喝酒吃肉，心里把且兰王的祖宗骂了一遍，嘴巴上却不提离开二字。

我想，普天之下，除了小乐，我无法信任任何人。在且兰城住了半年后，我终于接到指示，去杀滇王。然而我刚离开王府，且兰王就被杀了。不用猜肯定是滇王干的。政治间的争斗有时候不见血光，却比每日死人无数的江湖更险恶。

我回到苗寨，却找不到小乐，昔日的住所已经被烧毁，狼藉不堪。我登上山岗，举目望去，四野无人。苗人有迁徙的习惯，哪里住不下去了，就一走了之。可是这里并没有发生大的战争，就算发生了，也不会半年的时间就走得没有人烟。我想象不出发生了什么，不知小乐是生是死。

我一直在山岗上待到半夜，想了很多过去的事情。以前我在蓟城做店小二的时候，是个安分守己的人，虽然没见过什么世面，但是活得很踏实。后来做了剑客，学了一些剑法，行走江湖，不能说是天下无敌，起码鲜逢对手。一晃这么多年过去，我杀人无数，负伤也无数，好玩的地方都去过了，好看的景色也看得差不多了。仔细想想，江湖也不过如此。我的理想虽然还在，却让我感到遥不可及。一种虚无感包围着我，我想我会就此颓废下去。我想，假如小乐现在在我身边，对我说："咱们就在这里安家吧，哪里也不去了，就在这里终老好不好。"我一定会答应她。

然而小乐毕竟是不在了，下山的时候，我遇到一头老虎，却没有杀它。如果换成以前，就算它不咬我，我也一定会将它打死，因为杀生越多，我的经验就越丰富，遇到更强的对手的时候我应变的方法也就越多。然而现在我心里很难受，所以懒得理它。下山后，我砍了很多竹子，打算修建一座新的寨子。我想，小乐一定会回来的。我要养一些猪，做红烧猪蹄给她吃。吃自己养的猪的猪蹄，心里踏实。

一个人的日子过得很慢，一碗粥能喝上半天，一个猪蹄能啃到凉透。有时候，我蹲在茅坑上，会不由自主地想，有一天，我会病的，会老的，会什么也做不了。想到这些，我就感到很难过。

我会一直在这里住下去吗？或者，我应该回到燕国去，回到我的出生地。十年前我怎么也想象不到有一天我会待在炎热的南方的苗族寨子里回忆过去。十年后我又会在哪里回忆现在呢？

在狱中时，师父曾说，人一旦陷入回忆，就是到了一定年纪。想到上了年纪，我就想起了被迫背井离乡的老樊。老樊曾经跟我说，当你找不到一个人的时候，最好的选择应该就是在原地等待，不然你找她，她找你，最后白白浪费了精力和时间，还可能会在寻找的途中忘记了寻找的目的。

但苗寨已经被毁了，我选择原地等待后需要做的第一件事就是修缮破损的住所。我想等有一天小乐回来了，看到我在等她，看到这里被我整理得井井有条，一定会很开心的。

为了弄到更多的竹子修理寨子，我爬上了一座以前从未爬过的山。背着竹子下山的时候，我看到对面悬崖峭壁的缝隙里摆了一口棺材。再往上看，是一个溶洞，隐隐约约可以看到里面放着数百口棺材。为了看个究竟，我丢下竹子，去爬对面的山头。

溶洞里的棺材大小不一，棺木看上去并没有被风雨侵蚀，我想棺材里的人也许就是苗寨失踪的那些人。可又是谁把这些人弄上来的呢？我打开所有的棺材，看到了许多昔日曾与我一起喝酒的人的尸体，唯独不见小乐。

下山后，我失去了继续修建寨子的动力，我想，那些洞里的棺材一定是被人放上去的，放上这些棺材后，活着的人才离去。他们去了哪里呢？小乐或许就和他们在一起。

在且兰国这个天无三日晴，地无三尺平的地方要找一个人是相当困难的。很多苗寨都坐落在深山或原始森林中。更何况我不能确定小乐是生是死。

看到众人的尸体之前，我心情是平静的，我觉得等待胜过寻找。看到尸体后，我的心就乱了，无比着急，我开始觉得，再漫无目的的寻找也胜过无休止的等待，就算徒劳无功，起码比干坐着被绝望吞噬好。

带着给自己找点事情做，不至于感到寂寞的想法，我踏上了去楚国的路，我想小乐也许是回去找父亲了，毕竟没有了我，她唯一可以依靠的就是父亲了。

从苗寨到楚国，有很长一段路要走，以前小乐跟着我，倒是不怕遇到祸患，如果她一个人走回来，我真的不敢多想。

胡思乱想，最容易吓垮一个人，半夜里做梦，都是小乐被人抓走、被人袭击的场景。她毕竟是个漂亮的女孩子，在这样的乱世，美貌就是一种罪。

一路颠沛，终于到了楚国，结果等我到酒馆一看，小乐的父亲也不见了。据周围的邻居说，小乐失踪后，他的父亲四处找她，一直不曾回来。我不太相信这些邻居的话，因为我曾偷过他们的猪蹄，他们表面上对我嬉皮笑脸，内心其实对我很不满。而且他们不相信我是来找小乐的，他们觉得我是冲他们的猪蹄来的。因为我走之后，他们又养起了猪。

找不到小乐，也找不到小乐的父亲，我不知道该去哪儿，索性在楚国住了下来，我想小乐要是来楚国投奔父亲，就会遇到我了。这时候秦国已经灭了韩国，正在攻打楚国，占领了很多楚国的城池，无家可归的楚国人都逃到了齐国。按说作为秦国的通缉犯，我也该去齐国，可是我觉得齐国迟早也会被灭，所以待在哪儿都一样。更何况我剑法无双，不到万不得已是不能逃跑的，即使没人说什么，我自己面子上也挂不住。我师父活着的时候对我说过，刚出道的时候可以做一些傻×的事儿，每个牛×的人都是从傻×过来的。可是当有一天，你变得牛×了，就要注意一言一行，要有范儿，否则就算你武功盖世，也无法让人打心眼儿里敬佩你崇拜你膜拜你。

在楚国住了不到半年，我所在的小镇就空了，剩下一些家禽家畜，因为没有主人饲养，都跑到大街上找吃的。我大部分时间是躺在小乐家的酒窖里喝那些陈年佳酿，有时候听到有猪跑到小乐家的院子里找吃的，我就从酒窖里爬出来，手起剑落，削了猪蹄，然后烤了吃。

有一天，我在睡梦中被吵醒，醒来后看到身上落了一身土，再看酒窖，已经坍塌了一半，我以为地震了呢。等爬到地面上一看，只见到处都是秦兵。

秦兵也发现了我，我想跑，他们立刻就围住我了。我手里拎着一罐酒，他们不敢靠近。我听见一个秦兵对另外一个秦兵说："这是人是妖？"

另外一个秦兵说："像人，也像妖。"

那个秦兵又问："难道是人妖？"

另外一个秦兵说："他穿着衣服，我怎么知道。"

那个秦兵又说："要不咱把他的衣服脱了，看看就知道了。"

听到这里，我再也忍不住，夺了离我最近的一个秦兵的剑，连杀七人。剩下的秦兵见我杀人像割草一样，立刻跑开了，一边跑还一边喊："不用脱衣服了，肯定是妖！"

见他们跑了，我扔下剑去找水洗脸。半年多没梳洗了，难怪会被当成妖怪。等我梳洗完毕，转身欲走，突然发现一个秦将领了一群秦兵正站在离我十米远的地方看我。

秦将看了看我，又从怀里掏出一张通缉令看了看，反复对比之后，大喜。只见他高声喊道："此人是秦舞阳，生擒了他可封王，杀了他可封侯，大家一起上，就是一人砍下他一根脚趾头，也可得黄金千万两。"

秦将话音未落，秦兵便一拥而上，但并不是冲我来，而是弯腰抢我刮下的胡子和削掉的头发。

我冲出重围，却并不知要去哪里。也没有固定的方向，只是沿着路走。我哪里都可以去，又觉得去哪里都没意思。刺杀秦王未遂后，我已经到高丽国修正了容貌，普天之下，识我真面目者只有小乐，对着待我如兄弟的且兰王，我用的都是化名。现在秦将却拿着画着我现在容貌的通缉令，我不敢再往下想。

有一天，我到了一个叫宋子的地方，在一个酒馆歇脚，半碗酒没喝完，突然听到身后有人骂道："不要脸的秦舞阳，你居然躲在这里。"

我回身去看，只见高渐离一身酒保打扮，对我怒目而视。我摸摸我的脸，还在，就问他："我怎么不要脸了？你不是也在这里吗？"

高渐离说："当日你和荆轲刺秦王，你为什么一到堂上脸就变色了，要是你不胆怯，秦王必死无疑。"

我说："你又不在场，怎么知道当时的情景，当时我看到秦王，心情激动，毕竟我以前杀的都是贩夫走卒。假如你是一个渔夫，一直捕一些小鱼小虾，突然有一天，一条大鱼出现在你面前，你能不激动吗？我一激动，脸色就变了。之后就有卫士盯住了我，我若拔剑，就影响了荆轲。总之，杀不了秦王，是荆轲太磨蹭。如果换我去献地图，秦王早死了。"

高渐离说："那你为什么逃跑？作为一个剑客，面子应该比命重要，你怎么能跑呢？"

我说："当时数万名卫士冲上来捉我，我若不跑，必死无疑。我死了没什么，只是秦王还活着。杀不了秦王，我怎么对得起传授我武艺的樊於期，怎么对得起荆轲，怎么对得起太子丹呀，所以我不能那么窝囊地就死了。"

我一提老樊、荆轲和太子丹，高渐离便沉默了，看到我桌子上还有半碗酒，他端起来就往嘴里灌。这让我很惊讶，他以前可不是这样，在太子丹府上做门客那会儿，他不抽烟不喝酒不赌博不嫖娼，每天就做一件事，击筑。你要是叫他去喝酒，他不但不理你，还拿眼神羞辱你，你走了之后，他就把你的名字加上一些脏话用音乐的方式表达出来。

喝完酒，高渐离黯然说道："你们没杀死秦王，却惹怒了秦王，他派大军攻燕，燕王被迫迁都，秦王仍不罢休，燕王听信奸臣之言，杀了太子丹，把太子丹的人头献给了秦王。然而秦王拿了人头，还是灭了燕国。我们这些昔日太子的门客，在太子死后，就各奔东西了，我躲在这里做了酒保。可惜我是搞艺术的，手无缚鸡之力，我要是有你那样的武功，肯定要再去刺秦王，就算不为死去的朋友报仇，也该为自己挣回点儿面子。"

我之前只听闻太子丹死了，没想到竟是这么死的，好歹也是曾经改变了我的命运的人，多少有点让人难过，我端起一杯酒，隔空敬了他，然后一饮而尽。

高渐离见我沉默不语，接着说道："你真没想过再去刺秦？"

我摇了摇头，又点了点头，说实话，我是想去刺秦的，但刺秦不是去集市上买条鱼，没那么容易，我还没有练成人剑合一。而且自从有了爱情，我已经很久没有想过人剑合一的事情了。没有想过人剑合一，自然而然，也就没有想过刺秦。

见高渐离脸色越来越难看，我只好说道："你们搞艺术的人大脑灵活，像我这样干体力活的人只会被人利用。就算我想去刺秦，也很难成功，只是白白去送死罢了。"

高渐离闻言一笑，放下酒杯抓着我的手臂低声说道：

"要不咱俩联合起来，再去刺杀秦王？"

我拿开高渐离的手，又给自己斟了一杯，想起生死未卜的小乐，想起传授我武艺的老樊，想起曾经的太子丹和荆轲以及我那短命的师父，最后脑海中的画面停留在高渐离在易水边击筑高歌的情形，那张悲壮的脸和我眼前这张晦暗不明的脸重叠在一起。我心中暗暗下了一个决定，不管高渐离是真的有心刺秦，还是只是在试探我，我都要向这个故人表明我的心迹，反正就算他是试探我，也奈何不了我："你一个搞艺术的都有这胆量，我以杀人为职业，要是拒绝了，岂不是要被天下人耻笑。"

我话音刚落，高渐离便站了起来："说干就干，不过咱们得制订一个好方案，不能像上次那样冒失了。走，我带你去个地方，这里人多口杂。"

我打了壶酒，跟着高渐离离开酒馆，出了城，沿着一条小路一直向西，直到山脚下的一处瓜田。瓜田中央搭了个简陋的瓜棚，瓜棚里躺了个皮肤雪白的少女。那少女看到我，捡起地上的西瓜就往我身上砸，我连忙躲开，西瓜掉在地上，摔得粉碎。我捡一块，咬了一口，贼甜。

拿西瓜砸我的不是旁人，正是我朝思暮想的布小乐。

小乐说我刚随且兰王的人走，就有人来烧了寨子，绑架了小乐。后来小乐一直被关在且兰王府的地下室里，直到且兰王被杀，她才逃了出来。且兰王绑架小乐，想必是怕我不为他卖命，想在关键的时候拿小乐逼迫我去帮他杀人。可惜机关算尽太聪明，反误了卿卿性命。

小乐逃出来后，一直找我，怎么也找不到。最后没办法，只好去找爸爸，可是爸爸也找不到了。最后想到我本是燕国人，也许会回燕国。于是就跑来这里找我，到了燕国，她身上没钱了，为了生存下去，她就到酒馆里打工。

因为小乐以前跟父亲学过酿酒，所以老板很器重她。后来老板想纳她为妾，找高渐离做媒人。小乐就把自己来燕国的目的告诉了高渐离。高渐离觉得好歹也曾和我做过朋友，虽然后来我辜负了大家。但是我不义他不能不仁，于是高渐离就把小乐藏了起来。

高渐离虽然躲在这里做酒保，心里却一刻不忘为荆轲报仇。他觉得普天之下只有我能杀秦王，就决定找我。可是他也知道我在高丽国有亲戚，刺秦未遂后肯定会整容。如果傻乎乎地去找，就是面对面碰上也认不出来。

小乐的出现让高渐离看到了希望，他让小乐画出我的相貌，然后交给秦国的人。那时候秦国已经快要统一天下，我无论到哪里都会被通缉，所以高渐离觉得我藏不住了肯定会弄出点动静。可惜直到齐国被灭，也没听到我的消息。如果不是在酒馆遇上我，他甚至觉得此生都没有机会为荆轲报仇了。

高渐离说："我打算组建一个三人的乐队，我击筑，舞阳唱歌，小乐跳舞。以我在音乐方面的造诣，很快就可以把你们俩培养成音乐奇才。到那时候，我们就去咸阳开演唱会，秦王势必会去看。他一现身，舞阳就上去砍死他，为荆轲和天下百姓报仇。"

我说："你的计划很好，可是我很笨的，你让我砍人还可以，让我唱歌，不如杀了我。我从小五音不全的。"

高渐离说："现在懂音乐的不多，只要炒作得好，跑调歌手也可以出名，出了名，秦王就会感兴趣就会去看的。你放心，我击筑的本领天下无敌，你们俩只需要陪衬一下就可以。"

小乐说："跳舞我会一点点，唱歌也会一点点，要不到时候我唱歌，舞阳只要对上口型就可以了。"

高渐离说："行，那就这么定了，来，咱们先吃点西瓜解解渴。"

　　达成组乐队刺秦的共识后，我们一行三人，先是到了高丽国，我做了新的发型，整了新的容貌，高渐离割了双眼皮，小乐隆了胸。

　　从高丽国回来以后，高渐离改名叫高小白，我依旧用我在且兰国的化名郁小闷，小乐因为不出名，就还叫布小乐。我们的乐队就叫 X 小 X 乐队。

第五章

▽

# 组队刺秦又扑空

秦王灭了六国后，就不叫秦王了，改叫皇帝，因为他是第一个叫皇帝的，所以大家都叫他秦始皇。统一了疆土后，秦始皇就派人统一文字，统一货币。最后需要人写一首国歌，就有人向秦始皇推荐我们的乐队。高小白写了两首歌，连同一套护身用的软猬甲托人献给了秦始皇。第一首歌叫《一统天下》。歌词是这样写的："看见刺客不怕不怕啦，我有了软猬甲，不怕不怕不怕啦。看见外语不怕不怕啦，我统一了天下，不怕不怕不怕啦。"

第二首歌叫《不想当爸》，歌词是这样的："为什么找不到不吃草的白马，为什么我遇见的姑娘都喜欢吃蒜啊。我并不指望她会炒菜孝敬我妈，我惊讶的是才睡了一晚我就得当爸。为什么现在的东西都那么不牢靠，为什么睡觉前她不吃药。我突然想起我还没有成年哪。我不想我不想不想当爸，当爸后屎布就得我擦。我不想我不想不想当爸，我宁愿永远都跟着我妈。"

最终第一首歌被定为大秦国国歌，第二首歌被定为大秦国军歌。每逢佳节，祭祖登高，都要唱这两首歌。随着这两首歌的普及，高小白很快就成了家喻户晓的人物。喜欢他的人越来越多，最后就结成了一个团体，这个团体的人喜欢别人叫他们白粉，我们乐队所到之地，都可以看到白粉。

小白成名后，单独逛街就得戴上帽子和口罩，前胸后背各贴一张白纸，上面写着："麻风病人，请勿靠近。"

后来很多人知道小白上街是这样打扮，小白就只好换了装束，打扮成女人或者人妖。但无论打扮成什么，最终都会被人拆穿。这让小白很沮丧。拆穿小白的大都是报社的记者。记者最感兴趣的就是小白的感情问题。比如，某天，小白上街去买内裤，途中被记者认出，记者就会说：白爷您好，我是大秦日报的记者，能耽误您几分钟吗？我们想知道您和布小乐是否有过一夜情。

小白对这样的问题只有一个回答："去你 × 的。"

听到这样的回答，记者们就不会再问下去，第二天大秦日报头版头条就是："著名音乐家高小白声称自己有恋母情结，对布小乐之类的青春美少女不感兴趣。"

小白成为明星后，整天都愁眉苦脸的，除了那些记者总是捕风捉影断章取义道听途说地报道一些不靠谱的花边新闻让小白烦恼外，他抑郁的根本还是刺秦的问题。

行刺，无论是刺谁，都是一件血腥的暴力事件。小白作为大众偶像，一举一动都会影响到很多人。而且"白粉"中有许多都未成年，小白担心自己刺杀了秦王后，会误导这些未成年人走上刺客的道路。刺客虽然是种刺激的职业，但是如果刺客比普通老百姓还多，世道就乱了。小白只想杀了秦始皇为朋友报仇，并不想让天下大乱。

因为总是郁郁寡欢，后来小白就病倒了。他说右胸胁疼，可是去看郎中，郎中却说大概是肝胆的问题。没有办法，小白只好听从郎中的建议去检查，可是检查的结果是肝胆胰脾一切正常，可即使是这样，郎中还是开了一些舒肝健胃的药给小白吃。

小白吃了药，胃口变好了，吃嘛嘛香，疼痛却丝毫没有减轻。为了让小白的病情有所好转，小乐每天都在小白的床前唱歌。唱得最多的，是一千年后宋人苏轼的

《南乡子》，词如下："东武望余杭，云海天涯两杳茫。何日功成名遂了，还乡，醉笑陪公三万场。不用诉离觞，痛饮从来别有肠。今夜送归灯火冷，河塘，堕泪羊公却姓杨。"

有一天晚上，小白让我扶他到院子里去，他躺在竹椅上，仰望天空，半晌不语，终了，念出一句："出师未捷身先死，长使英雄泪满襟。"

念完那句诗，小白就疼晕过去了。我想了想，大概是我们这儿的医院设备太简陋，医生的医术不高。于是我们连夜把小白送到了咸阳，花钱请了御医来给小白看。

御医把了把脉，看了看舌苔，最终开了一些中草药给小白。那药味道奇苦，喝一口下去会忘了吐只想哭。可是为了治好病，我还是扒开小白的嘴，让小乐把药灌了进去。

小白吃了御医的药，醒了过来，泪流满面地对我说："你是不是往我嘴里撒尿了？我就知道，让你唱歌你不乐意，可也不用这样报复我啊，我已经是将死之人了，不喝尿是死，喝也是死，你怎么这么缺乏人道主义精神啊！"

我连忙躲开他一丈远，怕他用东西砸我。我说："我没有给你喝尿，我给你喝的是御医的药。"

小白收了眼泪说："这样啊，那我们还是不要去刺秦了，秦始皇就喝这样的药？简直生不如死啊。"

我说："也许这些御医也恨秦始皇吧。"

小白说："那么多人恨他，他还是得了天下，上帝难道下岗了吗？"

小乐这时候插了一句："以圣父圣子圣灵之名，原谅这个将死之人的胡言乱语吧，阿门。"

这时候我才知道，原来小乐是有信仰的人。难怪她不让我滥杀无辜。我一直很羡慕有信仰的人，有了信仰，心灵就有了依托。不管信仰什么，上帝也好，佛也好，心里有了底子，自然气定神闲，拿得起放得下。

像我和小白这样没有信仰的文艺青年，活得就很迷茫，很容易开心，很容易生气，愤世嫉俗，又自命清高。总觉得人间没个安排处，一件破事能想很久，才下眉头，又上心头。

小白觉得自己离死不远了，就让我们把他送到他出生的地方。我和小乐很难过，可是没有办法，还是租了辆大马车，离开了咸阳。

在路上，我们遇到一个要搭车的人，上车后，他自我介绍说他以前是个兽医，刚在咸阳进修完，以后就可以医人了。他说这年头，人好忽悠，畜生不好忽悠。人病了，你可以让他去检查，肾有病了，你可以先让他去检查肝，化验血化验尿，最后再检查肾。这一趟下来，可以赚很多检查费，虽然这些检查都是没用的，可是病人因为怕死，最后还是得听医生的话。而畜生就不同了，一次两次治不好，人就把畜生杀了，卖肉。这些病畜的肉人吃了之后也会生病，最后还是便宜了医人的医生。

小白听了那兽医的话，吐了口血，说："医生也是人，他们就不会生病吗？"

兽医一边擦小白吐在自己身上的血一边说："他们是医生，懂医理，所以是忽悠不住的。"

小白又往兽医身上吐了一口血说："官府难道不管这些吗？这些没有良心的医生真该治治了！"

兽医可能是想下去换乘别的车了，弯着腰掀开车窗上的帘子向外面看了看，发现前后十里都没有车，天色也暗淡下来了，于是只好又坐下说："是世道不好，现在大家都向钱看，悬壶济世不但会被骂作傻子，最后还会饿死，毕竟物价都在疯涨，收入却不见涨。"

小白终于从身上摸出一块手帕，把血吐在帕子上说：

"我的命就是毁在这些没良心的医生身上了。"

兽医摸了摸小白的脉搏说："你怎么了？"

小白说："我右胸胁疼，在本地的医院治疗之后，呼吸就不顺畅了，跑到咸阳请了御医治了之后，就开始吐血了，我想我离死不远了。"

兽医惊讶地说："哇，你是我医的第一个人，我就不忽悠你了。这只是肋间神经疼而已，俗名叫岔气，我给你开点药，保管你药到病除。"

小白叹了口气说："每个医生都说药到病除，药都从嘴到肛门了，也不见病除。"

兽医拍拍胸膛说："你放心，你们免费让我坐车，我自然免费给你治病，既然是免费，我自然不会骗你。"

小白眼神里闪出一丝希望，说："那你就治吧，反正我也要死了。就把身体借给你做做实验吧，治不好我也不怪你，治好了以后你就跟着我们混吧，我们给你开高薪。"

兽医听了小白的话，大喜，连忙去开药箱，一边开一边说："本来还想给你用点便宜的药，你这样一说，我还是给你用最好的药吧。"

小白吃了兽医的药，睡了一觉，醒来就好了。从此以后，兽医就加入了我们的队伍。小白的遭遇让我们决定把刺秦行动推迟一下，先杀一些没良心的医生再说。

每到一地，我们先去医院找医生看病，我们本身是没病的，到了医院，如果医生让我们做检查，或者明知道我们没病还是吓唬我们说有病非要开药给我们吃，当晚，我们就会把这个医生带到竹林里。到了竹林里，我把他按倒在地上，小白和兽医负责把他的四肢分别拴到四棵拉弯的竹子上，然后我把手松开，这个医生就会弹向空中，被绷成一个平面。

如果这个医生皮太厚，一下没有绷死。我们就搬来树桩作为凳子，把医生的身体当桌子，在上面打扑克或者麻将。如果小乐觉得血腥，不愿意参加，我们三个就打斗地主。如果兽医不忍心看，毕竟惺惺相惜，兽医也是医，那我和小白两个人就下棋，但只能下象棋，不能下围棋。因为医生的四肢在强力的牵引之下，身体正在逐步解体，一局象棋下完，收好棋子，这个医生的皮基本上就快崩开了。如果是下围棋，下到一半，医生皮开肉绽，血就会溅到我们身上。

兽医加入我们之后，经常跟我们讲他年少时的经历，跟他的经历比起来，我和高渐离都算是从小娇生惯养了，小乐更不用说，简直是在蜜罐里长大的，直到后来遇到我这个蜜蜂。

天生命薄的兽医，三岁就死了父亲，四岁时母亲也死了，此后他便居无定所四处流浪。因为他长得不帅，没有钱没有车马，没有房子没有工作，甚至连幽默感也没有，所以很不招女人喜欢。一个不招女人喜欢的男人，每多活一天都是异常艰辛。

在兽医出生的国度，因为连年打仗兵丁匮乏，男人们满十二岁就被抓去当兵了。未满十二岁的，百分之九十被圈养起来，像种瓜一样，不停地打催熟剂，等到养壮了，就送到前线去打仗。剩下的百分之十，大都是天生残疾，缺胳膊少腿，那个年代，健全的人都活不长，何况残疾人。兽医虽然不是残疾人，却是斗鸡眼，政府怕派他去前线，没杀到敌人先把自己人砍了，就没有养他，任他流落街头。那时候除了残疾人，还有很多猪狗牛羊鸡鸭鹅无家可归。因为缺少朋友，兽医只好和这些家禽家畜待在一起培养感情。

有一天他到河里捉鱼，看到河边有一对情猪，公猪的脚被人削掉了，血流了一地。公猪奄奄一息，母猪守护公猪身边不肯离去。最后公猪死了，母猪就不再进食，最后母猪也饿死了。兽医看到这样的情景，很感动，就立志做一名兽医，医好所有受伤的猪，让天下的有情猪终成眷属。

讲到这里，小乐插了一句："那头公猪的脚肯定是被舞阳吃了。"

我捏了捏小乐的脸笑道："不要乱给我扣罪名，我从来没有去过兽医童年待的那个地方，更何况尘世嚣嚣，爱吃猪脚者无数，怎么能一口咬定是我干的呢？"

小白白了我一眼道："你们不要吵，让兽医继续讲。"

除了懂医术，兽医还痴迷漫画。众所周知，在战国时期，痴迷艺术的人大都受人嘲笑，饭都吃不饱，还整天画一些乱七八糟的东西，实在太不靠谱了。

虽然兽医没有父母，但是他有亲戚，这些亲戚不但不照顾他，还常常讥讽他。那些亲戚常常教育他们的儿子："你看看你那个没出息的表哥，堂堂男子汉大丈夫，不去战场杀敌，整天东游西荡画一些乱七八糟的东西，你千万不要学他，否则以后一定找不到老婆。"

如果他们的儿子问："妈妈，为什么一定要找老婆？"

妈妈就会说："傻瓜，男婚女嫁，自古都是这样的，没有为什么，总之你是个男的就要找老婆，是个女的就要找老公。天经地义的事儿。"

如果儿子再问："我不想找老婆，我想做大事，女人太麻烦了。"

妈妈就会说："子曾经曰过，正心、修身、齐家、治国、平天下，你看，平天下在最后，也就是说做大事要先从小事做起。连女人都收拾不了，怎么能摆平天下大事呢？"

听到这样的回答，儿子就沉默不语了，因为作为儿子，他们实在想不起来自己什么时候说过那样的话。

听完兽医的讲述，小白叹了口气，说："我小时候也受尽了鄙视，大家都说这个时代做乐人是没有什么前途的。其实我也知道经商很赚钱，可以过上很好的物质生活；参军很刺激，当上官了也可以过上很好的物质生活。可是我只对音乐有兴趣，我只是想坚持我的兴趣而已。至于平时吃什么穿什么住什么我并不在意，可是若我告诉别人我的真实想法，这些人就会说我的脑袋有问题。异类无论在什么时候都是受排斥的。"

小白说完，大家陷入了沉默，气氛变得有点尴尬，小乐见状，嘟了嘟嘴道："我觉得小时候受鄙视不算什么，那时候放在心上的只有棉花糖风筝秋千和隔壁家的小伙伴，至于鄙视的目光，那时候根本不理解。长大后受鄙视才让人郁闷，不过没有关系，上帝对他的每个子民都是平等的，鄙视我们的人是魔鬼的子民，死后要下地狱的。只要我们对未来充满期待，就不会有烦恼啦。"

我听得有些头痛，便站起身道："你们聊吧，我出去走走。"

小乐跟着站起来："我和你一起去。"

小白说："我也想去。"

兽医说："撇下我一个人多不好，带上我吧。"

我白了他们一眼："那我不出去了，咱们继续聊天吧。"

重新坐下之后，我开始胡思乱想，他们说的话我一句也没听进耳朵。我在想，我喜欢什么？兽医喜欢漫画，小白喜欢音乐，我虽然会武术可是我不怎么喜欢武术，想来想去，我好像只喜欢烤猪蹄，然后如果可以带着我的姑娘云游天下也挺好的。小白和兽医还有小乐都向往未来，我却希望未来什么也不要发生，就像现在这样就好。

人生最可怕的事情，有时候不是有梦想却无法实现，而是早早实现了梦想，只能混吃等死。我虽然还没有实现梦想，但我已经预见到有一天，实现了梦想我将无事可做，我们这个组合也将随之瓦解。

我很喜欢我们在一起的时光，我希望秦王能活久一些，让我们可以有足够的时间相偎相依，互诉衷肠。

且说我有了小乐，小白有了众多女粉丝。唯独兽医，孤身一人。兽医虽然很丑也不温柔，但是人生如梦，梦如烟，野百合也应该有春天。

于是我们每到一地，都会在乐队演出的海报上附上兽医的征婚启事。征婚启事是小白写的，内容如下：本乐队有兽医一名，擅长医人。如今已过而立之年，尚未婚配。欲征女友一名，要求如下：初恋。带小孩儿的绝对不要。黄皮肤，整过容的绝对不要。黑头发，染过色的绝对不要。黑眼睛，假眼珠的绝对不要。最好能有一口洁白的牙齿，假牙的绝对不要。有口臭的不要，有狐臭的不要，有灰指甲的不要，有传染病的不要。上过学的不要。年龄需在十四岁到二十四岁之间。地球人，火星的绝对不要！

有意者请在演出结束后到后台找郁小闷先生进行面试。通过面试后，试用三个月，试用期内包吃住。试用期满后，由兽医先生亲自从试用者中挑选一名作为终身伴侣。剩余的通过试用期的人可进行复活赛。

那时候选秀活动很多，什么超级刺客超级歌手超级牙医超级三陪女，总之无论什么比赛前面都会加个超级，于是我们这个征婚启事又名：超级老婆选拔赛。

每天都有数以千计的少女跑到后台来找我，她们一开始以为我就是兽医，很振奋，可是我告诉她们我不是，我只是评委。兽医的真实面目要到试用期满后才可以呈现出来。我说，你们要有心理准备，兽医很丑也不温柔，虽然跟着我们乐队干点杂活也算是我们的朋友但是他除了悲惨的童年之外一无所有。

可是这些少女还是勇往直前奋不顾身身先士卒摧枯拉朽地告诉我她们爱兽医。每次面试完和小白小乐以及兽医一起吃晚饭的时候我都要感叹一句：如今的孩子，太盲目崇拜了。

因为人太多，我需要说太多的话，后来，嗓子坏了。没有办法，小乐就做了一些木牌，每个牌子上都写上字，比如："自我介绍、唱歌、跳舞、待定、通过、下一个。"

面试的时候想说什么只要举一下牌子就可以了。除非遇到特别的，比如会武术的，她们一上来就会说："评委，我来个前空翻吧，要不我耍一套猴拳给您看看？"

这时候我只好点头或者摇头。小乐的发明很受欢迎，不到一个月的工夫大秦国所有的选秀活动的评委都不怎么说话了，想说什么就举牌子。这样一来省了许多话保护了嗓子，二来解决了部分评委只会说方言的问题。

但是由于没有申请专利，我们损失了一个发财的机会，后来小乐再发明什么我立刻就去申请专利，可是后来她发明的东西都没有多少用处。唯有举牌子这一创举流传了几千年，经久不衰。

有一天，一个来面试的选手让我眼前一亮，那相貌，那皮肤，那一笑倾城再笑倾国的妩媚劲儿，就是做我的老婆都让我觉得受之有愧飘飘欲仙。若是做兽医的老婆，估计兽医不出半月就得精尽人亡。我想，这姑娘一旦加入我们乐队，必然会掀起一场轩然大波。我想我一定要警告小乐看紧我，以我个人的自制力已经抵挡不住这姑娘的杀伤力。

因为只顾遐想了，我忘了举牌子。那姑娘见我发着呆流着口水，就不做介绍，直接唱起歌来，先是抱着琴弹唱，唱到一半竟然放下琴跳起舞来。夏天，本来穿得就少，她跳的还是脱衣舞。看到一半，我再也忍不住，转身冲往后台去找小白。

小白见了那姑娘，也呆了半晌，等回过神来，那姑娘已经穿好衣服准备走了。小白连忙附在我耳边低声道："留下她，对我们刺秦大有帮助。"

那姑娘名叫小虞，楚国人，和小乐算是半个老乡。此后，小白击筑，我唱歌，小虞弹琴，小乐跳舞。我们的乐队由 X 小 X 乐队改名为 L4 乐队。

L4 的意思就是浪荡四人组。我们乐队所到之处必然是万人空巷。由于每场演唱会都会晕倒或晕死数百人，兽医一个人的力量已经不够，于是每到一地我们得先联系当地的医院派几辆救护马车在现场等候。

那时候学堂里的教师常常这样提问："L4 乐队的主唱叫什么？"如果学生答不出来，就要被罚站或者默写一千遍郁小闷的名字。

小白私下对我说："我一直在等一个像小虞这样貌美如花又会跳艳舞的女子，到时候可以让秦王看得呆住，然后你上前行刺，定然万无一失。"

我说："我还是觉得在秦始皇洗澡的时候行刺比较保险，否则他穿着那么结实的内衣，一招不能使其毙命的话，我就完蛋了。"

小白说："那你就先别去，先让小虞献一次身，你教小虞几招稳、准、狠的招式，贴身肉搏，秦始皇必死无疑。"

我说："对，上次图穷匕见是因为秦始皇内衣太牢固，这次衣穷匕见，防不胜防，我们赢定了。只是，小虞能答应吗？"

小白说："为天下百姓的幸福生活献身，这是多么伟大的一件事，我想她没有理由不答应的。"

我说："其实不见得非要用匕首刺，如果秦始皇不戴头盔的话，我可以拿剑砍他的头呀！"

小白说："闹了半天你在耍我啊？"

我说："没有没有，我只是试探一下你，看你是不是被小虞迷住了。现在看来你还是很有原则的。这我就放心了。其实我是想如果你被小虞迷住了，那咱们就可以散伙了。你带着小虞远走高飞，我带着小乐隐居山林。这样也是一个不错的结局。"

小白说："秦始皇不死，我根本没有心情干别的。"


小虞加入我们乐队后，我们就驱车前往咸阳，一路上只有兽医和小虞谈笑如故，我和小白小乐都很少说话。小虞和兽医只当我们去咸阳开演唱会，却不知此行基本上算是去送死，我虽然跑得快，可是带不出小乐的话我还不如当场被砍死。另外就是觉得对不起小虞，这么漂亮的姑娘，还没有结婚就要死了，真遗憾。

小虞说："一直想去咸阳看看，据说那里有亚洲最大的首饰市场和宠物市场。"

兽医说："对啊，到时候我带你到未央宫看看，我表哥在宫里当太监。咸阳是全国政治经济和文化的中心，想买什么都可以买到，到时候你只管挑喜欢的东西，我帮你拿东西帮你付钱。"

小虞说："你真好，可是你太丑了，我和你一起上街太不搭调了，我想让小闷哥哥陪我逛街。"

我刚说出个"好"字，大腿上就被小乐掐了一下，我只好接着说："好，像要下雨了。"

兽医说："小闷上街的话会有很多粉丝围着要签名，很危险的，你不知道，上次在蓟城，有个粉丝拿了把剑追小闷，非让小闷亲她一下。"

小虞说："那后来呢？"

兽医说："后来小闷跑掉了，真没见过跑那么快的人，小闷以后退休了可以去做邮差，买马的钱都省了。"

小虞说："那粉丝呢？"

兽医说："挥剑自刎了。唉，你是没看到，那场面太悲壮了。总之，要是你和小闷一起上街，肯定会被小闷的粉丝当街砍死的。"

小虞说："小闷可以像小白那样，戴上帽子和口罩再画画妆。"

兽医听到这里，不再言语，抬头四十五度仰望天空，泪流满面。

小白说："自古多情空余恨，此恨绵绵无绝期。"

小乐说："大丈夫何患无妻。"

我说："到了咸阳我们继续进行超级老婆选拔赛。"

小虞说："兽医你别难过了，你再难过我会内疚的，我给你讲两个冷笑话吧。你知道人的祖先是什么吗？"

兽医抹掉了眼泪说："什么啊？"

小虞说："笨蛋，花生呗，因为花生人（仁）。再问你一个，你知道芹菜的屎是什么颜色吗？"

兽医问："什么颜色？"

小虞说："黄色呗，因为秦始皇（芹屎黄）。"

兽医说："恶心的妈妈抱着恶心哭了一夜你知道为什么吗？"

我和小乐异口同声地说："恶心死了。"

第六章

▽

# 秦王一死全下岗

我们到了咸阳，才知道秦始皇已经南巡了，归期不定。兽医在宫里当太监的表哥告诉我们，秦始皇南巡的途中遇到刺客无数，但都没有死，天不灭秦，刺客只是飞蛾扑火。

听到秦始皇没有在宫里的消息，我不但没有失望，反而感到很开心，好像我要的就是这样的结局。在我随荆轲刺秦的时候，我只有一个人，无牵无挂，只要有猪蹄吃，便可将生死置之度外。而现在，我有了小乐，我开始贪恋人间烟火，虽然仍不怕死，但多少有些贪生。

我们在咸阳的练兵场开了露天的演唱会，咸阳不愧为首都，街宽道阔，车水马龙。就连路边摊上的包子都比别的地方的大，而且汁多味美。唯一的不足之处是咸阳没有人养猪，而别的地方运来的猪肉都不大新鲜，有一股子尘土味。

我们在咸阳开完演唱会就走了，怕停留太久会被人认出，我虽然已经由一个浪荡不羁的刺客变成了英姿勃发的歌手，但无论再怎么变眼神是变不了的，口音也没变，小白也是燕国的口音，这点是大忌。因为秦始皇灭六国时，对燕国和赵国最恨，在燕赵两国杀人无数，所以燕赵之地多刺客。

燕赵之地的人到咸阳必须得办暂住证，没有暂住证，客栈都不让住。咸阳城的城管常在我们下榻的五星级客栈门前晃悠，混迹在一群索要签名的粉丝中间。在小虞看来，他们是想要签名。在我和小白看来，他们是想要我们的人头然后拿去加官进爵。无论是否被认出，反正秦始皇不在此地，还是走为上策。

咸阳之行唯一的好处是让兽医找回了自信，因为有个眼神和听力都不好的老太太指名道姓地找他要签名。虽然自始至终只有一个人向兽医要签名，而且由于兽医不会写字，只好让小白代签了，但是这个故事还是告诉了我们一个道理——如果耐心去找，每个人都可以找到自己的粉丝，区别只是数量和质量。

回到蓟城后，兽医便苦练签名，一边练习还一边唱："爱就一个字，我只说一次，你知道我只会用行动表示。"

以前我们让兽医洗衣服，兽医马上就去找盆子。因为我们很少生病，兽医跟着我们如果不做点儿什么，随时可能会下岗。毕竟现在所有的单位都在精简员工。失业是很可怕的事情，现在客栈招个店小二都得有三年以上工作经验，得懂七国语言。

从咸阳回来后，再让兽医干保姆的活，兽医就说："我好歹也是有粉丝的人了，而且上迷七旬老妇，下迷二八少女，简直是宇宙无敌第一偶像级前无古人后无来者的兽医，怎么能让如此受追捧的人去洗衣刷碗呢？但凡有点良知有点责任心有点人道主义的人都不会做出这样缺德的事。"

看在兽医把毕生所学的词儿全部用上的面子上，我们就没再和他计较。

从咸阳回到蓟城后，我们不再住五星级客栈，一来觉得浪费，二来是每天都有粉丝来要签名或者合影。签名倒没什么。半分钟不到就打发了，最怕合影。

合影的过程是这样的，需要我坐着或者站着，怀里搂着一名女粉丝，这粉丝的相貌千姿百态、千奇百怪、千变万化。我们终于保持好一个固定姿势后，兽医开始画画，有时候是粉丝自带的画师。一个姿势要保持很久，直到兽医或者画师说行啦，我才得以解脱。如果这名粉丝不知道心疼偶像，那么一次可能要合很多张影。最后我颈椎腰椎坐骨神经全出了毛病。

这些还是次要的，关键是我搂着别的姑娘，小乐要吃醋，一吃醋就给我脸色看，因为我们演出的时候，小乐负责发出声音，我负责对口型。她吃醋后，唱起歌来就没有一句在调上，好不容易在调上了，节奏又没赶上。如果场下的观众全是我的粉丝倒也好办，就怕有些观众是记者。

为了我的身体，也为了我们乐队的声誉，最终我们在一个极其隐蔽的地方买了座房子。房子周围有很高的围墙，围墙上粘满胶水，门口挖一道壕沟，架上吊桥。然而这并不能保证万无一失，因为小乐认为最大的情敌是小虞。买好房子后，我和小乐住在一间房里，其他人各得一间。一开始小虞每天晚上都要在我房间里待到很晚，趁小乐去厕所的时候飞快地亲我一下，每次都亲左脸。我是个专一的人，可面对小虞这样绝色的女子，有时候也很为难。每次小乐回来看到我被亲得红肿的左脸都会大哭一场，好像自己心爱的东西被人抢走了一样。为了让她心理平衡，我只好把右脸呈上。带着报复的心里，小乐总是要把我的右脸亲得更肿一些。

后来我只好在房门上挂了个牌子，上面写着："家有恶妻，闲人勿扰。"

每天早上，兽医都起得很早，不是锻炼身体，而是跑到外面看墙上有没有粘人。这种做法就像一个渔夫夜里在河里撒了网，然后第二天早上去看有多少鱼入网一样。如果粘了人，兽医就会笑得四肢乱颤几欲撒手归去。笑完之后，兽医就会对粘在墙上奄奄一息的人说："我是个兽医，但是我会医人，你要是打算花点钱，我就把你弄下来，你要是不打算花钱，我也会把你弄下来，花钱的话我会把你医好，不花钱的话我会把你扔到壕沟里，这里面已经扔了很多人了。"

被粘在墙上的人说不出话，因为一开始他只是手脚被粘住了，后来他拼命挣扎，身体就也被粘住了，最后嘴巴也被粘住了。兽医为了表示诚意，就继续说："我知道你说不出话来，这样，我把手放在你屁股上，要是半个小时内你放出屁来，就证明你愿意花钱，要是半个小时内放不出屁来，我就只好把你扔到壕沟里了。"

每个月总有几天，墙上会粘上几个人，这些人一般都是飞贼或强盗，因为我们住得偏僻，房子又建得豪华，所以就吸引了他们。他们的到来，让兽医很快就发财了。

不过也有例外的时候，那就是粘在墙上的人挣扎了一夜，很多已经虚脱了，最后兽医又要求他们放屁，他们只好拼尽最后一点力气以求活命，结果力竭而死。本来谈好的生意，却因为合作方的死亡而无法获得利润，这让兽医很郁闷。

我们的房子周围是竹林和山，山里面住了很多隐士，这些隐士大都是没有被秦始皇杀干净的燕国贵族，他们分散在不同的山洞里，假如有一天世道乱了，他们之中任何一个人都可能被推举为领袖，收复被秦国占领的土地。

他们和我有一个共同的愿望，那就是希望秦始皇死掉，最好是不用我们动手，自己病死老死或者是被我们不认识的刺客刺死。然而一晃十年过去了，秦始皇不但没死，反而干劲儿更猛。又是修长城，又是建阿房宫，在南方把少数民族的地盘全占了，在北方把匈奴赶到大漠以北了。本以为打完仗就可以消停了，没想到他又搞起了巡游，东巡西巡南巡北巡中巡海上也巡。每到一地，必是劳民伤财，奢侈暴虐。

有一段时间，刺客猖獗，秦始皇搞严打，见到挎剑带剑说起话来江湖味道十足的人就丢进大牢里，不由分说先暴打一顿，然后再让官兵押出去修路或者建皇陵。为了避免被牵连，我们就推掉了很多演出活动，整天待在房间里打麻将。

运气特别背的时候，我就会跑到山上找那些燕国的贵族聊天，他们住得很分散，但是也很好找，只要看见山洞，洞口的草又比周围的草矮，那洞里肯定住了人。就像小时候在河里捉螃蟹一样。

当然有时候也会扑空，没碰到人反而碰到老虎或者狼，这个时候，我的武功就派上了用场，杀了老虎或者狼，晚上就可以改善一下生活。做了歌手后，我的武功就很少用了，如果不是有这些野生动物帮助，我的武功很可能会荒废掉。

因为长久住在山洞里，那些燕国贵族小姐或者少爷的模样已经发生了很大的改变，山洞很低，平时他们都是爬行的，他们的手变得像鹰爪一样，因为有时候找不到火，就要吃生的东西，久而久之，他们的牙齿就变得锋利。简单地说就是他们过着非人的生活，我之所以去看他们，一来是闲得无聊，二来是越看他们的处境就越恨秦始皇，恨积累到一定程度了，行刺的时候才不会手软。

有一天，我正枕着小乐的肚子睡懒觉呢，小白拍我的门，说秦始皇回咸阳的时候要路过我们这儿，让我做一下准备。

穿衣服的时候，我一直在想，为什么秦始皇要绕到燕国这么偏僻的地方呢？要知道我们这儿的土特产就是刺客！难道是他觉得自己老了，再不被刺杀就没机会了？

因为事发突然，所以原来计划用演出来吸引秦始皇的方案临时取消了。我打算先埋伏在路上，蒙面行刺一次，假如不成功，就跑。然后等秦始皇的车马走累了要休息的时候，我们再在附近搞演唱会吸引他。因为怕小乐担心，我出去的时候说我是去山上打猎，小乐好像从我的眼神里看出了什么，平时我出了大门她就回去了，这次一直送我走了很远。

我挎着大剑，一身黑衣，一看就是个坏蛋。路上有巡逻的秦兵拦截我，被我手起剑落斩了脑袋，本来大可不必如此的，但我很久没杀人了，怕手生，怕身上没有杀气。我一直看着秦始皇的队伍，和他们保持平行的距离，直到夜幕降临，才靠近他们，杀了一个秦兵，然后穿上秦兵的衣服，慢慢地挪动位置，直到秦始皇的马车近在眼前。

十年了，这是我第二次接近秦始皇，第一次时可以理解为年少，杀人甚少，紧张激动实属正常。而这次，我已经年近三十，行走江湖多年，杀人无数，而秦始皇已经年近五十，这么近的距离，杀他易如反掌，而我不知为何仍有些不安，手心甚至出了汗。

正踌躇间，车上的窗帘被一只干枯的手掀开，露出一个披头散发一脸病容的脑袋来，若不是他头上顶着皇冠，我甚至有些认不出他是秦始皇。当时我就走在车轮旁边，与秦始皇的头颅只有一尺的距离，若我拔剑，弹指之间就可以取他的性命。然而我并没有动手，我看到他在冲我摆手。

我不知道他要做什么，可是那手势似乎有着某种神秘的力量，我稀里糊涂地就把脑袋附到了车窗上。他的声音疲惫且沙哑，而且带着浓重的秦国方言，我听不清楚他在说什么。

他说了一会儿，以为我听明白了，就递给了我一个方盒子。我接过方盒，他就盖上了车帘，我急于看盒子里装了什么，就没有动手，而是悄悄地退回到队尾，然后等秦始皇的车马走远，才打开盒子。

借着月色，我看到盒子里装了一道玉轴圣旨，上面写着：奉上天之命而承世运之道的皇帝下诏书说，朕归天之后，帝位传于太子扶苏。钦此。

圣旨下面还写了几行潦草的小字，墨迹未干，可以看出，圣旨是很早就写好的，这几行小字是刚刚写就的，因为字太小而且潦草，月光之下看不清楚，我只好找了些柴草，生起火来，借着火光，依稀可以辨出那行字的内容——朕本来没什么病，都是丞相李斯和宦官赵高不给朕吃药，最后拖累成这样的，扶苏即位后可先斩赵高再杀李斯，我想此二人是想立胡亥为帝，杀完赵高和李斯后就把胡亥打发到北方守边关吧。鉴于宦官的猖獗，为了社会的和谐，从此以后所有帝王不可宠幸宦官。

我扔了盒子，把圣旨揣进怀里，打算回去把这事儿告诉小白，听听他的看法。反正看样子即使我不动手，秦始皇也活不了几天了。

回到住所，他们还都没有睡。小乐看到我活着回来，兴奋至极，扯着我的手问我要不要吃点什么。

小白的情况刚好相反，他一脸的愁容，因为他看到我手里没有拎着秦始皇的人头。

听我讲完事情的经过，小白说："你当时为何不直接杀了秦始皇为荆轲和樊於期报仇？错过了这个机会，以后想刺秦也是不可能的了。"

我说："我是否动手，结果都是一样的，我看他的样子，最多再活三天，向将死之人动手，有违我作为一个武者的原则。"

小白说："你这是妇人之仁，当初秦始皇杀荆轲的时候，大可以一剑结果了荆轲的性命，他却砍掉荆轲的四肢，挖去荆轲的眼睛，割掉荆轲的舌头，把荆轲丢在装了盐的瓮中，让荆轲活活疼死。同样是杀人，他可以那么狠毒，我们为什么不可以？就是他死了，被我看到了，也要鞭尸三百下方解我心头之恨！"

我说："我不是你，我对谁都没有太大的仇恨。"

小白说："可笑，这话居然能从一个杀人如麻的剑客嘴里说出来，你是不是还打算把圣旨送到太子扶苏手上，去领那免死金牌和万户侯的封地？"

我说："我要是真打算那样，就不会回来和你商量了。"

小白说："可怜的樊於期啊，你看错了人，可怜的荆轲啊，你也看错了人，可怜的高渐离啊，你也看错了人。"

我说："你这话什么意思？我不杀秦始皇是因为秦始皇已经要死了，我没必要再画蛇添足，就算老樊活着，也不会责怪我的。如果三天之后秦始皇不死，我一定去提着他的人头来见你！"

两天后，咸阳传来消息，秦始皇病危，赵高和李斯假传圣旨赐死了扶苏，立胡亥为帝。

第七章

▽

# 众里寻人千百度

胡亥即位后，只做了一件事，那就是大兴土木，安葬了秦始皇。之后他便整日沉迷于美女和美酒之中，把朝政交给赵高去把持。

赵高原本是赵国的贵族之后，他的父亲是赵国君主的远房本家，因为犯罪，被施以宫刑，其母受牵连沦为奴婢，赵高弟兄数人也因此受了宫刑当上了太监。

没有受宫刑之前，赵高是个好酒好财好色之徒，最大的理想是做个富甲一方的土财主，终日被一群美女伺候着。受了宫刑之后，赵高深刻地意识到，自己以前白活了，酒色财这三样东西虽然好，但要是没有权，拥有再多的美女美酒和财宝都会在一夜之间失去。

于是在其他兄弟都为以后只有做太监这一条出路而郁郁寡欢泪流满面的时候，赵高笑了，而且笑得像朵花一样。那年赵国评选"感动赵国"年度人物，身残志坚的赵高就被评上了。选上"感动赵国"年度人物之后，赵高写了本书，书名叫《别拿太监不当回事儿》，书出了之后很快畅销全国。

那时候嬴政也就是后来的秦始皇正在赵国当人质，看了赵高的书之后精神为之一振。后来嬴政南征北战伐楚灭燕一直带着这本书，每当失落无助精神沮丧的时候就拿出来看一看，比吃药还管用。秦灭楚之后，赵高被掳往秦国。秦始皇听说他就是自己少年时的偶像，非常惊喜，不但提拔他为中车府令掌皇帝车舆，还让他教自己的少子胡亥判案断狱。

但太监毕竟是太监，失去的美女美酒财宝在有了权势之后都可以再拥有，有一样东西失去了却是再也不会有了。每每想到此处，赵高就感到悲愤。跟着秦始皇的时候，赵高一直把这股悲愤之情压着。等到胡亥即位并且把朝政交给赵高把持之后，赵高再也压制不住心中的悲愤。于是老百姓就遭殃了。

只要是年富力强刚结婚或正在谈恋爱的青年男女，

赵高都要想办法拆散。只要是他得不到的别人也别想得到，得到了也别想享受，只有这样，他才会感到心理平衡。拆散别人的方法就是派官兵把刚结婚不久或正在恋爱中的男子抓起来，脸上刺字，送去修长城或者皇陵再或者阿房宫。

这样做的直接结果是秦朝每年的死亡人口远远超过出生人口，还好秦朝很快就灭亡了，要不然再让赵高搞几年，国内就没人了。间接结果是老百姓不堪折腾，一时间起义者无数。秦兵忙着镇压各地的起义军，严打也就松懈了。

严打松懈后，我带着小乐，告别了小白、小虞和兽医。我们打算四处溜达溜达，看能不能找到小乐的爸爸，如果找得到，我们就一起找个地方隐居去，如果找不到，我们就一直找下去。

这时候已经是冬天了，北方的冬天寒风刺骨，冰雪连天，走在路上，随处可见冻死饿死病死的百姓。活着的百姓都用打量油炸鸡腿的眼神打量着我和小乐，还好我会武术，要不然可能走着走着就被人一棒打晕，烤着吃了。这时候如果一个青年想告别单身生活，只需要一个馒头或者大饼，就会有姑娘跟你走。不用找媒婆说和，不用下聘礼，姑娘不会计较你的家境或人品，甚至根本不在乎你是不是个人。

那些已经倒在路边或正在蹒跚而行的人中，有的来自乡下，有的来自城市，大都是穷人。乡下的穷人觉得到了城市里会安全一些，毕竟城市人文明，不会随便吃人，而且城市里的有钱人多，没准儿会受到接济。城市里的穷人觉得乡下会安全一些，毕竟那时候打仗都是先攻陷城市，再者乡下的自然环境好，兵匪来了可以躲山上，没有粮食了还可以啃草根树皮。于是城市里的人离开城市，乡下的人离开乡下，房子都空了下来，人们都在路上。结果大多数人死在了路上，冻死饿死病死被劫匪杀掉被亲人吃掉。其实这样也好，毕竟达到了目的地也是死，而且是先面临绝望后面临死。

看到这样悲凉凄惨的场景，想着不知道身处何处生死未卜的小乐的爸爸，我们感到很惆怅。

在寻找小乐爸爸的路上，除了流离失所的百姓，我们常常会遇到一些脸上刺字的官兵。这些人自称官兵，干的却是土匪的勾当，见人就抢。

我最喜欢这样的人了，他们是我的衣食父母，虽说天上有鸟地上有狼，可是吃久了难免会腻味。有了这些劫匪，我们可以吃的东西就多了，柿饼核桃葡萄干，大枣话梅哈密瓜，可谓应有尽有。运气好的话还能抢到金项链玉戒指翡翠耳环送给小乐。劫匪抢完老百姓，我就去抢劫匪。虽然同样是抢，性质却不一样。劫匪抢是恶劣的匪徒行径，我抢就是正义的侠客作风。我抢完了劫匪之后再适当分给老百姓一些，老百姓就会感激不尽，其实我分给他们的原本就是他们的东西，只不过转了一下手而已。

随着杀人数量的增多，我逐渐感到自己有练成人剑合一的趋势，比如有一次，我拿剑砍一个土匪，他往我怀里躲，撞在我身上，就死了。我想，大概是我身上的杀气已经锋利得像我的剑一样了。而这个时候，我已经快要将以前的追求遗忘了。

很多东西就是这样，你老想着它，它就总是离你远远的，等到你不那么渴望拥有它了，甚至把它忘了，它却自然降临了。就像我以前在蓟城做店小二，老板总是拖欠工资，而我老想着那点钱，心情就变得很郁闷。后来我觉得老板不会发钱给我了，就把那钱忘了。再后来老板又把钱发了，我就像得到一笔额外的奖赏一样开心，花起那些钱来就像花别人的钱一样舒坦。

　　因为我一直靠抢劫劫匪为生，久而久之，就抢出了侠名，有的劫匪一看到我就绕道而行，有的本来正在抢呢，一看到我跑来凑热闹就立马把刚抢到手的东西还给老百姓，然后四散而逃。

　　有一天，我和小乐到了一个叫宿迁的地方，遇上一伙看着很面生的劫匪。这伙土匪脸上都刺有"骊山"二字，为首的劫匪手拿一柄长剑，见人就刺，刺完就抢。场面混乱不堪，我看到有油水可捞，就把小乐安置到一边，我埋伏到离劫匪不远的一棵树上，打算等那伙劫匪抢完了，就冲上去抢他们。

　　也许是藏得不够隐蔽，被那伙劫匪发现了。这伙劫匪和我平时遇到的不一样，他们发现我之后并没有把手上的东西还回去，更没有四散而逃，而是不约而同地跑到我藏身的那棵树下伸着脖子瞪着眼睛看我。看得我挺不好意思的，只好对那为首的劫匪说："你们去抢你们的，盯着我看干吗？"

　　为首的劫匪说："原来真有你这么个人，看来有些传说还挺靠谱的。"

　　我说："什么传说？"

　　为首的劫匪说："传说江湖上最近出现了一个剑客，

专门抢劫我们这些劫路的人，你就是这个剑客吧？"

我说："何以见得？"

为首的劫匪说："大老远我就看到两个人往我们这边过来，若是老百姓，看到前面在抢劫，肯定要往回跑，而你安排好你的同伴之后却跑到我们旁边的树上看我们抢劫，所以我想你就是那个剑客吧。"

我说："你还挺聪明的，不错，我就是传说中的那个专门抢劫劫匪的剑客。来吧，一起上，收拾完你们我好继续赶路。"

为首的劫匪说："你为么偏要跟我们过不去呢，行侠仗义就那么有意思？干我们这一行也挺不容易的，我们原本也是老百姓，后来莫名其妙地被官兵抓了起来，脸上刺了字，发配到骊山修皇陵，皇陵没修完，天下就乱了，然后官兵就给我们发了武器带着我们去镇压起义军，镇压到一半，皇帝发不出粮饷，大家就散了。然后回家一看，家已经毁了，于是无可奈何，只好四处乱窜，干点打家劫舍的勾当糊口。所以说千错万错都是皇帝的错，皇帝要是不瞎折腾，我们宁愿去养猪，也不会来做劫匪。"

我说："你们误会了，我不是在行侠仗义，我和你们一样也是劫匪，只不过我不劫手无寸铁的老百姓，我只劫劫匪。所以你们不用管我，该怎么抢还怎么抢，你们要是不抢，我就没人可抢了。"

为首的劫匪说："你的意思是，非要跟我们干上了？"

我说："没办法，我就这么点儿爱好，希望各位成全！"

为首的劫匪说："我们不想与你为敌，如果你有兴趣，我们欢迎你来做我们的老大，领导我们去抢天下。"

我说："抢天下？"

为首的劫匪说："是的，不再抢手无寸铁的老百姓，而是去抢皇帝的东西，我们早想这么干了，只是一直没有一个老大领导我们，所以才会沦落到在山间地头干一些打家劫舍的勾当。"

我说："你现在不是这伙人的老大吗？"

为首的劫匪说："我只是名义上的老大，实际上下面的兄弟都不怎么服我，毕竟我除了吃得多力气大之外再没有别的过人之处了。你要是肯加入我们，兄弟们一定心悦诚服。"

我说："我对天下没有兴趣，我在找一个人，我抢劫只是为了丰富一下生活，等找到我要找的人了，我就不会再抢了。"

为首的劫匪说："现在世道那么乱，你一个人去找另一个人就像在大海里捞针一样，不如先抢了天下，等天下都是你的了，你再让天下人去帮你找一个人就很容易了。"

我指了指站在远处正在往这边看的小乐说："我不是一个人在找，你看那边，那个人是和我一起的，我们两个人都在找。"

为首的劫匪擦了擦头上的汗说："那也是大海捞针。"

我沉默了一会儿说："你的提议很好，我会好好考虑的，要是没别的事儿的话咱们先动手吧。"

为首的劫匪说："你还真是死心眼，我说了这么多都白说了吗？"

我说："是你自己要说的，我又没逼你。"

为首的劫匪听到这里，脸色通红，不再言语。其他的土匪见状，纷纷拔剑，我以为他们要砍我呢，谁知道他们举着剑转身往后跑，跑到小乐身边停住了。小乐被他们围在中间。

为首的劫匪说："你要是不答应做我们的老大，我们杀了你的同伴。"

我说："你们真贱！普天之下那么多剑客，为什么偏要选择我做你们的老大。"

为首的劫匪说："因为你是那样拉风的男人，不管在什么地方，就好像黑暗中的萤火虫一样，那样鲜明，那样出众。你那忧郁的眼神，稀疏的胡楂，神乎其技的剑法，还有特立独行的性格，都深深地迷住了我们。"

我从树上掉了下来，还没让他们见识我的武功，先让他们看我摔了一跤，实在很没面子。不过没关系，我已经决定做他们的老大。不管为首的劫匪说的那番恭维的话有几分真几分假，那些劫匪的剑离小乐的脖子不足三寸远是实实在在的。万一哪个劫匪头脑愚钝性格莽撞，一剑把小乐杀了，我活着就没意思了。再者这么长时间了，我和小乐走了那么多地方问了那么多人，都没有小乐父亲的消息，可见这种走街串巷的找人方法在这样的乱世确实不太可取。先夺天下再驱使天下人帮我找小乐的父亲，没准儿还真是一条捷径。

为首的劫匪名叫柳布，我做了老大之后，他就退居二线，做了军师。虽然还是原来的那拨人，但是因为我们不再打劫百姓，准备改行打劫皇帝，所以我们就不再叫劫匪，而是改叫起义军了。就像同一家店，同一个店主，原来是卖二娘馄饨的，现在卖起大娘水饺了，这家店就不能再叫二娘馄饨店而是要叫大娘水饺城了。

那时候的起义军很多，三五个人骑着马拿把锄头杀了几个官兵就可以自称起义军，一百个人联合到一起就可以建一个国家，昨天还在推板车卖豆腐呢，今天就开始称孤道寡了。

我们有八十多个人，随便占个乡镇就可以称王立国。可是我不想那么干，现在大家都在那么干，大家都在干的事儿你要也去干了就显得很俗很土。在我看来，凡事儿都要讲究创意。不干这行也就算了，要干就干得轰轰烈烈与众不同。

首先，从名字上就要和那些草寇流民团伙区别开来，他们大都还是打着收复六国失地的旗号四处招兵买马抢城夺地，我们不搞那些虚的，我们这群人里没有一个是六国贵族的后代，也不好意思装神弄鬼地在鱼肚子里塞张字条或者学狐狸叫几声让人民群众觉得我们是上天派下来的。我们就是我们，就算你秦国不灭六国不搞暴政，只要我们看你不顺眼，照样收拾你。因为那时候起义军已经是很主流的事物了，所以我们的军队就叫非主流步兵团！

那些主流的起义军攻城略地的时候，我们离他们远远的，我们待在乡下，待在半道上，见到那些年轻的四肢健全的不近视也不斜视的，我们就围上去，动之以情晓之以理，让他加入到我们的队伍中来。基本上不会有人拒绝我们，但凡犹豫的都是特胆小的，就是想加入我们还得经过几轮考试呢。除了建功立业、分钱分地之外，我们还承诺得了天下之后一定帮大家找到失散多年的亲人。

因为我们不去攻城略地，不和别的起义军或者土匪火并，所以人员只增不减，很快就发展了一千多人。有了人之后，我们就去找粮草。先是去了一个山庄，那山庄名叫桃源山庄，坐落在三座大山之间，易守难攻，而且庄内有近百个壮丁。我们虽然比他们人多，可是没有什么像样的兵器，如果硬去抢，估计不会有什么好下场。

于是我们就厚着脸皮去借粮借钱。说是借，其实并不打算还。好在庄主人挺豪爽。庄主说，如今兵荒马乱，又是青黄不接的时候，实在是没有多余的钱粮借与你们。如果你们不嫌弃，可以把后院的马和驴以及骆驼拉出去当作坐骑。我们愉快地接受了庄主的好意，在庄上吃了一顿饭，然后骑着骆驼、马和驴离开了。手上没兵器的人在离开的时候顺手拿了一些庄上的农具做兵器。没有分到坐骑的依旧是步兵，分到坐骑的就是骑兵。我们这个团伙的名字也由非主流步兵团改为非主流步骑兵混合军团，简称非军。

虽然坐骑复杂，兵器古怪，装束土鳖，但无论如何，我们还是在不损一兵一卒的前提下拥有了一批骑兵。这真是一个美好的开始。

虽然有了骑兵，但我们还没有粮草和像样的兵器，尤其是弓箭，我们一把也没有。弹弓倒是有一些，但是杀伤力太小，打起仗来肯定吃亏。要想有上好的兵器和粮草，只好去攻城。

离我们最近的城名叫陈县。陈县在两周和春秋时期，做过陈国的都城。战国后期，又做过几年楚国的国都。秦灭六国后，陈县被定为郡治，囤积了大量粮草和兵器。后来陈胜起义，就是在陈县建立的张楚政权，可惜陈胜只搞了半年就被秦将章邯灭了，后来章邯又被项羽所灭，现在镇守陈县的是项羽手下的军队。

我们打算采取老办法，先礼后兵，先去借钱借粮借兵器，借不到就抢，抢不来就打。反正他们的东西也是抢别人的，我们再去抢他们，良心上不会感到不安。安排好一切，我们就上路了，谁知道刚走不到三里路，我们从山庄里借的那些坐骑就都停下脚步不走了，有的干脆一屁股卧倒在地，也不嫌积雪冰凉。

柳布说："现在看来，那老庄主并不豪爽，他是没有多余粮草喂养这些牲口，又舍不得杀了它们，所以才做了顺水人情送给我们的。"

我说："他舍不得杀这些牲口，我们却舍得，大伙很久没吃肉了，刚好趁此机会改善一下伙食，鼓舞一下士气。"

小乐说："它们大概和我们一样饿。我们饿了可以吃它们，它们饿了只能饿着，它们真可怜。"

相对于马和骆驼来说，驴的身材、速度和长相最差劲。而且驴的脾气也不好，常常不分敌我，见人就踢。再者骑着驴去打仗很可能会被对方笑话，影响士气。所以经过讨论研究，我们决定先杀几头驴，骆驼和马留到以后再说。

为了减少驴的痛苦，我决定亲自动手。前文说过，我的剑法很快，一剑下去，被宰割的动物根本感觉不到疼，只觉得一丝凉意，像风一样穿过身体，然后就死了。

杀驴的时候，马和骆驼都用愤慨的眼神望着我。它们可能想不明白，人类为什么这么残忍，吃饱了就骑它们，饿了就杀它们。而那些没被选中的驴呢，干脆把头埋进雪里，它们可能已经意识到，过不了多久它们就会有和身边的驴一样的命运了。真是驴生在世，身不由己。如果我是一头驴，这时候一定会忍不住感叹，真是性格决定命运啊！

话说秦朝灭亡后，在所有的起义军当中，势力最大的是霸王项羽的楚军和刘邦的汉军，于是理所当然地，为了争夺天下的归属权，项羽和刘邦打了起来。

我们到了陈县之后才发现这基本上是座空城，只有几个老弱病残的守兵，一看到我们一大帮人骑着骆驼和马拿着乱七八糟的兵器，也不问问我们是干吗的，直接开城投降了。

进城后我问陈县的守兵，为什么一支箭不放就投降了？

守兵说有三个原因，第一个原因现在所有能打的楚兵都被霸王项羽拉去打刘邦了，第二个原因是所有非楚兵的起义军哪怕只有三五个人都被刘邦拉拢过去和项羽对阵了。第三个原因是就算突然冒出来支起义军把陈县占了也不要紧，只要杀了刘邦，谁还敢跟楚霸王叫板？

听守兵这么一说，我感到很气愤。项羽也太猖狂了，一点都不把我们放在眼里。哪天要是遇上他，一定要好好地收拾收拾他。

就这样我们在陈县住了下来，虽然陈县的粮草大都被项羽带走了，但剩下的也够我们吃上十天半个月了。我们本来也不打算在这儿常待，来这儿只是为了粮草和兵器，有了这些粮草兵器之后还是得发展队伍，虽然攻下陈县之后又陆续有青年来加入我们，但加起来也只有八千多人，根本没法和项羽或者刘邦的几十万人打。

拥有八千多人却没有一点作战经验的队伍要打赢拥有几十万人身经百战的队伍很难，但八千多人的队伍去找一个人很容易。在陈县安顿下来之后，我让手下找画师把小乐爸爸的画像画一万张，贴在陈县的大街小巷里，画像下面写着：云中鹤，男，现年五十五岁，楚国人，因外出寻找失踪的女儿最后把自己也搞得下落不明了，有知其下落者请速与非主流步骑兵混合军团团长秦舞阳联系，定以重金酬谢。

寻人启事贴出去的第一天，有二十多个人来求见。第一个来的是一对老夫妇，那女人一进门就抱住我的腿痛哭，一边哭一边说："终于找到你们了，这些年你们去了哪儿？害我们找得好苦啊……"

那男人也在旁边感叹："贤婿啊，你也太不厚道了，我不是不让你带小兰走，我是希望你能再多挣点钱，修了房子再谈婚事，可是谁知道你竟然……"

我连忙把那女的扶起来说："大娘，你们认错人了吧，我不是你们的贤婿，我岳母早就去世了，我媳妇也不叫小兰。"

小乐也在旁边说："错了错了，你们认错了。"

那对老夫妇一愣，女人不哭了，男人也不叹气了，女人说："走吧，穿帮了，这年头，干哪一行都不容易。"

第二个来的是个衣衫褴褛的老头儿，进门后倒是没哭，自顾自地找了张椅子坐下，拿起桌上的茶杯给自己倒了杯茶，抿了几口才说："我就是云中鹤，你们找我有何指教？"

我怕又是一骗子，就让小乐去辨认，小乐对着那人上看下看左看右看，看了半天也没认出来，试探性地叫了声爹，那人却并不理会，只是盯着我看。

一杯茶喝完，那人才指着我对小乐说："这就是你看上的男人？就是为这个男人，你丢下老爹不管，离家出走的？"

小乐说："你口音怎么变了？"

那人说："这么多年，为了找你，我是跋山涉水翻山越岭，有几次差点冻死饿死在街头，去了那么多地方经历了那么多磨难，别说口音了，连模样也和你离家出走那会儿判若两人了。"

小乐说："对，我记得你额头上原来有一颗痣，现在怎么没有了？"

那人说："跟人打架，那颗痣被人砍了。你这孩子，遇到失散多年的亲人，不但不涕泪交加嘘寒问暖，还带着戒备的口气问东问西的，实在太不像话了！"

我说："您别生气，我们心存戒备是因为刚才有人鱼目混珠，再者您容貌和口音发生了很大变化，所以我们想先确认一下，如果确定您就是我们的爹，我们再涕泪交加嘘寒问暖伺候您也不迟。"

那人说："骨肉相连血脉至亲还需要确认？我自己的女儿我还能不认得？天地良心，你们不想认我也就算了，老子不靠你们也照样能活。"

说着，那人就要起身离开。我连忙上前拉住他说："您当我们这儿是客栈啊？想来就来想走就走，我们这儿可是衙门，不把话说清楚你就别想出这个门。"

那人说："瞧你这态度，你是在找人，不是在抓人。就算我不是你要找的人，没准儿我知道你要找的人在哪里……"

小乐拉了拉我的袖子压低了声音说："要斯文要斯文，你还没得天下，要礼贤下士。就算得了天下，也要爱民如子呀。这骗子恐怕也是生活所迫，就放他走吧。"

第三个来的是个疯子，见了我就笑，嘴里反复地念叨一句话："我终于找到你啦，我终于找到你啦，嘿嘿，哈哈，嘻嘻……"

折腾了一天，没有一个靠谱的。直到第三天夜里，有一个自称是项羽旧日部下的人求见，他说他在楚营里遇到过一个老汉，在楚营里看粮草的，和画上的男人很相像，那老汉还向他打听过一个女孩，说那女孩是他的女儿，十四岁时被人拐走了。

第二天一大早，我召集所有非军，准备去找项羽的部队。不管昨天那个楚兵的话是真是假，有了线索，就不能放过，反正闲着也是闲着。

## 第八章

▽

# 一不留神除霸王

据陈县的守兵说，项羽现在在固陵和刘邦对阵，于是我带着兵马到了固陵。到固陵之后，没见到项羽的兵马，却见到了张良。张良原是韩国宰相的儿子，秦灭韩后，张良散尽家财，访求刺客，后来找到一个大力士，做了一个一百多斤的大铁椎，埋伏在秦始皇东游的路上，打算砸死秦始皇。结果秦始皇太狡猾，搞了几十辆一模一样的马车，自己坐在其中一辆上。大力士砸过去，砸碎了一辆空车。于是张良就成了和我一样的通缉犯。关于张良的事儿大都是高渐离告诉我的，我没有亲眼见过张良，只在通缉令上看到过他的画像，我们俩的通缉令常常挨在一起，那时候刺杀秦始皇的人很多，但行动失败后还活着的就只有我和张良了。

当时的情景是这样的，我骑在马上，身后是近万名非军。马站在固陵城下，张良站在固陵城的城墙上，身后是数百名弓箭手。我仰视他，他俯视我，我们共同的感觉是——这人看上去挺面熟的，好像在哪里见过。

于是我先问道："城墙上的那位，别傻站着了，速来报名领死，本团长剑下不斩无名之辈。"

城墙上的人说："你是混哪一路，连我都不认识，我乃汉王帐下第一谋士张良张子房是也！"

我说："我看你挺面熟的，名字也挺熟悉，咱们是不是在哪儿见过啊？"

张良挠了挠头说："我看你也挺面熟的，你叫什么名字啊？"

我说："我乃非主流步骑兵混合军团团长秦舞阳是也！"

张良笑了，说："是当年随荆轲一起刺杀秦始皇那个秦舞阳？"

我说："正是在下。"

张良说："我想起来了，我在墙上见过你，我们俩的通缉令常常是挨着贴的，在被通缉的刺客排行榜上你排第一，我排第二。"

我说："哦，原来如此，久仰久仰！"

张良说："彼此彼此，幸会幸会！"

我收起兵器，说："你在这儿干吗呢？"

张良也示意手下放下兵器，说："刚和项羽干了一仗，现在汉王去追项羽了，我留在这儿清点战利品，正清点呢，听说有人来攻城，我就上城墙上来看看。"

我说："你误会了，我不是来攻城的，我是来找项羽的。"

张良说："投奔项羽？哥们儿，念在咱们昔日是同行的分儿上，我劝你一句，别找项羽了，跟着汉王刘邦混吧，项羽是个粗人，只知道打打杀杀，不会笼络人，但凡机灵点的现在都不跟他混了，都跟着汉王混。汉王武功虽然没有项羽高强，但是为人厚道，赏罚分明，更难能可贵的是，他爱民如子，这样的人，迟早是要得天下的。"

我说："我找项羽不是要投奔他，我要和他决战，顺便看看他手下有没有我要找的人。"

张良说："那正好，那我就在汉王面前推荐一下你，以你的武艺，领导不足万人的队伍实在太寒碜了。跟着汉王的话，汉王至少拨给你十万兵马。"

我说："我目的不在领导多少人，我是在找一个老人，找到那个人了，我就归隐山林过闲云野鹤的生活去，至于天下，谁爱抢谁就去抢，不关我的事儿。"

张良说："你只要帮汉王杀了项羽，等汉王得了天下，一定帮你找到你要找的人。"

我说："此话当真？"

张良说："当真！"

我说："不假？"

张良说："不假！"

我说："好！看在昔日同行的分儿上，我就信你一回，项羽现在在哪里？我去杀了他！"

张良说："你先别急，先在这儿住下来，休息一下，现在汉王已经率兵去包围项羽了，等明天一早，项羽的兵马被围住了，咱们就过去，干掉他！"

第二天，吃饱喝足之后，我跟随张良去垓下和刘邦会和。到垓下的时候，已经是深夜，刘邦正在营帐里和众将议事，张良让我在帐外等候，他进帐去瞅机会向刘邦推荐我。

虽然站在营帐外面，可是营帐里的人全是大嗓门，他们说的话我在十米之外都能听得清清楚楚，我听到他们在说白天打仗的事儿。他们说项羽的兵马已经被消灭得差不多了，只是项羽不肯投降，汉军之中又没有人打得过项羽，只能把他围起来不让他出去，等他饿死了，汉军就赢了。可是刘邦显然觉得这种赢法很不光彩。

刘邦说："我们汉军有五十六万人之众，难道这么多人里，就没有一个，可以取了项羽的人头？"

众人沉默。过了好大一会儿，张良才说："普天之下，大概只有一个人打得过项羽，只可惜那人不属于我们汉军。"

刘邦说："那人是谁？在哪儿？不属于我们没关系，可以拉拢啊，项羽的人被我们拉拢过来的还少吗？除非他是个傻子，否则以现在这种形势，我封他个王，给他几车金子，他没有理由不同意的。"

张良说："那人姓秦名舞阳，曾随荆轲行刺过秦始皇，是秦国大将樊於期的嫡传弟子，也是樊於期武功的唯一传人。在跟樊於期学武之前他在狱中还受过高人指点，当今天下，恐怕只有他的剑法敌得过项羽的虎头盘龙戟。他不属于项羽，他自己搞了个非主流步骑兵混合军团，打算和楚、汉相争天下。"

刘邦说："我以为干掉项羽我就可以安享天下了，没想到又冒出来一个秦舞阳。"

张良说："大王不必担心，秦舞阳本意不在夺天下，他在寻找一个老人，夺天下只是为了驱使天下人帮他找一个老人。只要大王承诺帮他找到那个老人，他肯定不会和大王相争天下。"

刘邦说："你怎么知道他爱江山更爱老人？你和他很熟？"

张良说："不熟，可是就算他真有别的什么打算，大王也不必担心，当下最要紧的是让秦舞阳灭了项羽。"

刘邦说："也对，先灭了项羽再说。那你赶紧去游说秦舞阳吧，只要能说动他，承诺你随便许。"

张良说："秦舞阳就在帐外。"

刘邦说："你怎么不早说，赶紧把他迎进来。"

我进了帐，刘邦马上从座位上起来，让我和他坐到一起。我事先虽然知道刘邦善于拉拢人，仍是吃了一惊。

我说："我无半点功德于汉军，怎敢和汉王平起平坐。"

刘邦说："但坐无妨，只要你能帮我杀了项羽，你就是汉军第一功臣。"

我说："想必张良已经和你说了，我帮你杀项羽，你得了天下之后要帮我找一个人。"

刘邦说："一定，一定！"

我说："那就没什么好说的了，我先回去睡了，明天你们早点叫我，我怕睡过了。"

刘邦说："壮士尽管去歇息，我会安排手下前去伺候，明日一战，关系天下的归属，有劳壮士了。"

第二天一早，我带着刘邦交给我的十万汉军精锐，去打项羽的两万铁骑兵。除了这十万汉军精锐，周围还埋伏着四十多万汉军和汉军拉拢来的其他大大小小的起义军。只要灭了项羽，他的两万铁骑兵很容易收拾。

我让柳布带着小乐率领三千人化装成楚兵，在我和项羽决战的时候，潜伏到楚营中寻找小乐的父亲。

关于项羽这个人，我听柳布说过，说他姓项名籍字羽，是楚国名将项燕之后，常用兵器是一杆一百多斤重的虎头盘龙戟，常穿的铠甲是乌金甲。陈胜起义后不久，项羽就在江东崛起，举兵反秦，征伐九州。只用了三年的时间，就一统天下，威震四海。人送绰号西楚霸王，名虽为霸王，权力却相当于皇帝。

然而这只是传说，传说总是比事实丰富浪漫令人膜拜神往，可毕竟只是传说。亲眼见到项羽的那一刻，我就知道，此战我赢定了。

现在的项羽已经不是当年人称战神的项羽了，他的脸上有了倦意，他从江东带出来的八千铁骑早就死光了，现在跟随他的骑兵都是后来又训练的。他昔日的谋士和将军也都死的死叛变的叛变离开的离开了，他虽然勇猛却不擅长用人，他适合打江山却不适合守江山。

项羽见到我后说的第一句话是："你就是传说中的秦舞阳？"

我说："是的，你就是传说中的项羽？"

项羽说："当然。"

我说："你长得挺帅的。"

项羽说："你也不算难看。"

我说："你看上去挺孤独的。"

项羽说："你看上去也挺忧郁的。"

我说："你手下是不是有个叫云中鹤的老人？帮你看管粮草的？"

一听这话，项羽脸上的表情顿时凝结，过了好一会儿，才说："你是来和我决战的还是来和我聊天的？如果是决战，那就别废话了，出招吧！"

我说："你在我眼里已经是个死人了。"

项羽说："何出此言？"

我说："你精神抖擞的时候都不一定是我的对手，现在你精神那么差，我三招之内大概就能置你于死地。其实就算我今天运气不好输给你，你也难逃一死，这附近埋伏了五六十万汉兵。就算你逃得出去，你的这些兵也逃不出去。你带了那么多人出来打仗，最后一个人跑回去，你不觉得很没面子吗？"

项羽说："那你说我该怎么办？"

我说："自刎吧，反正都是死，自刎的话总比败在我手下或者逃出去要有面子一些。"

项羽说："想不到我潇洒一生，最后却是这样的下场，临死前我可不可以唱首歌？"

我说："唱吧，别唱太难听就行。"

项羽唱道："力拔山兮气盖世，时不利兮骓不逝。骓不逝兮可奈何，虞兮虞兮奈若何？"

唱罢，拔剑自刎。

项羽死后，楚兵尽降。我驱马去找小乐，在楚军的粮草车前，我看到了躺在小乐怀里满身是血的小乐的父亲。

小乐说："父亲中了流箭，已经死了。他临死前想见见你的，可惜你来迟了。"

我转身对柳布说："此地不宜久留，你快带着我们的亲信部队保护小乐和小乐父亲的尸体到陈县郊外的长亭里等我，我忙完这里的事儿就去跟你们会合。"

小乐他们刚走，张良就来找我了。

张良说："汉王正在四处找你呢。我们一起去见汉王领赏吧。"

我说："当时的情景想必你们也看见了，项羽是自刎而死的，不是我杀的，无功不受禄，你替我谢过汉王的好意就行了。"

张良说："你没动手可是你动嘴了啊，你要是不说话，项羽肯定不会那么爽快地就自刎了。我以前只听人说过有一种神功，练成之后可以杀人于无形之中。今天看到你三言两语就能说得西楚霸王自刎，简直比传说中杀人于无形之中的神功还要厉害！我们前几天派了几百个武将上去都被他杀了。"

我说："汉王还愿意帮我找人吗？"

张良说："当然愿意，可是刚才我听手下说你已经在楚营中找到你要找的人了。"

我说："认错了，只是长得有点像而已。"

张良说："那好，你随我去见汉王，当面和他说，尽管你没有杀项羽，可项羽是见到你之后才死的，所以论功劳你在汉军中排第一，你无论提什么要求汉王都会想办法满足你。"

我们到了汉营，刘邦正在和众将士开怀畅饮。见我来了，刘邦亲自倒了一碗酒给我喝。让椅、倒酒，这种待遇让我想起了且兰王。表面上待我亲如兄弟，暗地里却绑架小乐。

我冷笑了一声说："这碗酒恐怕是下了药的吧？"

我话音刚落，刚才还热热闹闹的营帐顿时鸦雀无声。文将都握紧了手里的酒碗，武将都握紧了腰间的佩剑。

我又冷笑了一声，然后撒腿就跑。众所周知，我一旦跑起来，谁也追不上。这本领不是师父教的，也不是跟老樊学的，而是我小时候练出来的。

小时候我给有钱的人家放牛，牛受惊了就会疯跑，为了不使牛跑丢了我就得跟着跑。时间长了，我跑起来就特别快，两腿生风，有时候跑着跑着突然发现我跑到牛前面了，我就站住歇一会儿，等牛跟上了我再跑。

我跑到陈县郊外的时候，柳布已经挖好了坟穴，把小乐的父亲掩埋好了。我跪在小乐父亲的坟前磕了几个头然后对小乐的父亲说："大叔，您就放心吧，我会照顾好小乐的。"

我站起身后，柳布问我："下面我们该怎么办？"

我说："我要带着小乐归隐山林了。你带着兄弟们，找个英俊潇洒的年轻人，砍了他的头然后去找刘邦，就说那人头是我的，刘邦定会封赏你们的。咱们就此别过吧。"

第九章

▽

# 纵横半生皆虚无

就像所有的人都要死一样，所有的故事都要有个结局。不然就会有人问，后来呢？你说后来他们归隐田园了，就会有人问，再后来呢，再后来，他们都死了。

是的，再后来他们都死了，除了我。

我带着小乐归隐田园后不久，刘邦便在原齐国的地盘氾水镇登基称帝，称帝后先是定都在原秦国的地盘栎阳，后来迁都大周朝的地盘洛阳，再后来还是觉得不安全，就搬到了长安，国号汉。

刘邦一开始之所以不断地移换都城，主要是为了躲我。因为张良告诉他，我还没有死。张良会告诉他这个，主要是因为他觉得，不能让刘邦闲着。正所谓狡兔死，走狗烹，敌国破，谋臣亡。

如果我还活着，刘邦就顾不上收拾张良韩信等人，如果我死了，那接下来死的就是张良，正是看到了这一层，张良才在出卖了我之后，就玩起了消失。

张良在玩消失之前跟刘邦说了这样一段话：普天之下，能够杀秦舞阳的，只有秦舞阳自己，柳布等人，明显是随便杀个人来领赏。要想坐稳这个天下，还是得找到秦舞阳，即便不杀他，也不能给他自由，不然有天他被人收买了，那汉朝皇帝的头颅，就如他囊中之物。

刘邦听了这话后，吓得连夜迁都，同时派出数万人地毯式地搜索我，我也只好换了一座山，又一座山。如果不是年纪大了懒得跑路，我都想再去一趟高丽国整个容了。

小乐跟着我东奔西跑，时间久了也厌倦了。

有天她吃着我们在路上采的野果子，气呼呼地说道："这个刘邦太可恶了，你帮他杀了项羽，是他的功臣，他却整天像撵兔子一样撵你。"

"我活着，他睡不踏实。"

"那张良活着他就能睡踏实？张良要是去找项羽的老部下英布，那天下说不定还会易主。"

"这不得一个一个来嘛，他要是一起抓，我们就联合起来了。在刘邦看来，我是必须得第一个除掉的，然后才是张良、韩信、英布等人。"

"唉，这种天天躲躲藏藏的日子我真是过够了，也不知道小白和小虞他们怎么样呢。"

"他们目标小，暂时应该没事，但如果一直找不到我，说不定，他们就会受到牵连。"

"难不成刘邦还会绑架他们威胁你出来？"

"这种损招，他还真干得出来。"

"那我们得先去跟小白他们会合，让他们提防着点吧。"

"随缘吧，天下这么大，去哪儿找小白他们。要是他们真被抓了，我也只能豁出命去跟刘邦斗一斗了。"

就在我和小乐在一个山头和另一个山头间辗转的时候，听路上的客商讲了一个大消息，说刘邦病危，有大臣献策，说秦始皇在位时，派出去一个叫徐福的术士，术士在海上找到了长生不老之药，就要回来献给秦始皇邀功的时候，发现秦朝已经灭亡了。如今徐福远遁海外，只要找到徐福，刘邦的命不仅保得住，还有望长生不死。

长生不死这种事，在人年轻健康的时候不觉得有什么，等到老之将至，躺在病床上的时候，人对健康对活着的渴望，会大于一切。

为了活下去，刘邦把派出去寻找我和张良的兵力，全调去寻找徐福了，这样一来，我就轻松多了。

但是没有轻松多久，我就发现了一个问题，我发现小乐成长的速度越来越快，已经从一个十多岁的可爱的小姑娘，变成了成熟的少妇。

我习惯用发展的眼光看姑娘，我感觉过不了多久，她就会苍老憔悴长皱纹，失去掉非常爱惜的美貌。

因为修炼过人的武术，我变老的速度明显变慢，除了担心小乐变老之外，我更担心的是，在我还年富力强的时候，小乐就已经老了。

想到这些，我就有些感伤，想到这些，我就决定去一趟海上。路上客商的话未必靠谱，徐福的长生不老药也未必存在，但只要有一丝的可能，我就要去试试。

没有什么比保住心爱的女人的美貌更重要。

天下武功，无坚不摧，唯快不破。这些年我修炼的武学，最大的特点就是快。我喜欢修炼这个，也是因为，实在打不过可以跑嘛。

当世间已经渐渐没人是我的对手的时候，单独修炼快已经失去意义，我想得更多的，还是如何人剑合一，挥洒自如。

但是当我到了海上，才发现快到极致，是可以飞的，在海上行走，也如履平地。而且这趟远行是为了爱情，当快和爱结合的时候，我发现我已经可以快成一把剑的形状。

而当我化身为剑的时候，便可以托起小乐，驰骋大海。这种不仅仅自己爽，还可以带着心爱的女孩一起飞翔的感觉，前所未有，简直让我乐开了花。

在海上驰骋的第七日，我们发现了一艘船，起初以为是徐福的船，等夜深人静了我潜伏上去一看，竟然是小白一行人。

"你们怎么在这里？"看着小白和兽医喝酒，小虞在旁边斟酒，我推门而入，让小虞给我也倒了一杯。我刚坐稳，小乐也跟着进来了。

"不是让你乖乖待着，怎么还跟进来了。"我白了一眼小乐道。

"你没有跳窗户，直接推门了，我就猜到没有危险了呗。"小乐撇撇嘴，夹起了一块红烧肉用手托着塞进了嘴里。

"刘邦通缉你，我们怕被连累，找不到你，寻思海上安全，就到了海上。"小白举杯向我示意。

"你怎么找到我们的？"兽医一脸迷惘。

"我们是来找徐福的，误打误撞上了你们的船。你们可曾见过徐福？我听海上的客商说，徐福就在这片海域活动。"

"他早去东瀛了，那里有一片小岛，他带着秦始皇当年赐予他的童男童女，在那里建立了国家。小虞一直也想去看看，但我觉得不安全，徐福那个人，妖术太厉害。"小白起身又拿了一壶酒。

"现在舞阳来了，我们不用怕徐福了，找到他直接问他要长生不老药。"兽医对着小虞说道，献媚之心昭然若揭。

"如果只有一份药，你是给我还是给小虞？"小乐吃着吃着冷不丁抬头问了我这么一句。

这种话，就像"你妈妈和我掉水里了你先救谁"一样难回答，因为小虞就在旁边，不管我怎么回答，都要伤一个姑娘的心，想来想去，我只好避重就轻："如果只有一份，徐福肯定自己吃了。"

第十章

▽

# 世间再无秦舞阳

找到小白等人之后，我们便一起过上了海上生活，抛开他们随船带的几壶酒，每天主要的食材就是海鲜，偶尔有不长眼的海鸟飞过来被捉了，味道却很一般。

我急着早点回到岸上吃猪蹄，小白却是不急，一晃半个月过去，还是没有到他口中所说的徐福所在的小岛。

有时候独自坐在船头发呆，回忆起过去的生活，我觉得似乎我这一生的主题，都是寻找。年少时，寻找一种适合自己的生活方式。

长大后，寻找一个可以相伴一生的人。再后来，是寻求武学上的突破点。现在，则是寻找一种可以让喜欢的人永葆青春的灵药。

姑且不论我能否找到这种药，单是有这么个主题，有这么个盼头，人生便不至于陷入绝望。我是个很容易陷入绝望的人，如果不找到事情做，我觉得我会疯。

所以当年即便没有且兰王找我，我也不会甘心在苗寨待一生。就算没有徐福的存在，我也不会跟刘邦的人一直玩躲猫猫的游戏，如果不是有了灵药来转移注意力，我可能会把行刺对象，从项羽变成刘邦。

一开始我以为，在海上这样乱闯，有一天可能会跟刘邦的人遭遇，毕竟他们也在这片海上探寻徐福的下落。

结果一个月过去了，连个除了我们这条船之外的船影儿也没见到，我这才意识到，大海是多么大，大到超乎了我们所有人的想象。

船上除了小虞和小白之外，剩下的人的航海知识都是零，兽医却觉得，就算最后我们找不到徐福，我们也可以做自己的海贼王。

在海上漂泊的第四个月，我实在受不了天天吃海味了，我甚至希望遇到一群海盗，好让我抢点他们的东西来吃。

好在绝望的情绪没有持续多久，一座风景秀美的小岛就出现在了我们眼前。远远望去，可以看到岛上各种风格奇特的建筑和在各类建筑中间缓慢行走的人。

起初我还担心语言不通的问题，结果上岸一问，岛上的人跟我们来自同一个地方，都是六国的后人，都是避秦时乱而来。当从我们口中得知秦朝已经灭亡，如今是大汉天子的天下的时候，他们欢呼雀跃，击盆作歌。

看到这样的情景，小白的兴致也来了，小虞这些天也被闷坏了，他们拿出早先我们组乐队时的乐器，和大家一起唱歌跳舞。最后，我和小乐也加入了他们的队伍。

"我们是继续寻找长生不老的药，还是留在这里生活？我觉得这里环境不错，挺适合定居的。"玩了一天夜里休息的时候，小乐枕着我的胳膊问。

"可我还是担心，有一天我还年富力强，你却要面临衰老和死亡，我怕遇到那种生离死别的场景。"

"如果为了这种怕，一直去寻找，一直找不到，我们不就白白浪费了本来可以欢愉的时光吗？过去因为怕被刘邦抓到，你说出来也就出来了，现在都跑到千里之外了，我觉得没必要再折腾了。"小乐转过身，给了我一个背影。

"你真的决定留下？"我从后面抱住了她。

"我真的觉得这里挺好的，你看这里的人，听说秦朝灭亡了，欢庆之后，也没有人要回去，可见这里真的是一片乐土。我不求长生不老永伴你身边，我只愿我健康美丽的时候，我们认真过好每一天。"

"那就听你的，我们生一群娃娃，以后就算你不在了，还有孩子们陪我。"

"坏蛋！"

住下来之后，我们才得知，这座岛名叫逍遥岛，岛主叫张良。不是重名，就是帮刘邦打了天下之后怕刘邦狡兔死走狗烹的那个张良，就是消失前为了转移刘邦的注意力把我卖了的张良。

我们来岛上的时候，张良刚好去拜访附近的岛主了，等到他回来，我们才知道，刘邦已死，而且当年跟随刘邦打天下的功臣也几乎被杀光了。我们当年那批混江湖的人，也都成了历史传说，现在是新人辈出的天下，我们似乎除了退隐，也没有别的路可走了。

而且尘世嚣嚣，自从听小乐说想留下后，我便生了安定下来的心，所以听到张良讲那些打打杀杀的事情，也不会热血澎湃了，甚至会觉得很遥远，像是上辈子的事情。

秦舞阳的故事，总会画上一个句号，未来的未来，应该是秦小阳的故事。

（正文完）

番　外

▽

## 尘世嚣嚣

（一）

秦始皇死后，刺客成了最倒霉的行业。古时候的刺客都很专业，除了行刺之外别的什么也不干，不单是刺客，就是街上卖肉的也一样，卖猪肉的绝对不卖驴肉。不像现在，无论干哪一行的都要搞个副业或者兼职，唱歌的同时人家还拍电影，拍完电影有空了人家还写书。正所谓艺不压身，很多家长在孩子没出生的时候就开始培养孩子的音乐细胞文学细胞美术细胞，生怕孩子长大了找不到工作或者好不容易找到一份工作却遇到金融危机然后又得找工作。搞得孩子在娘胎里就睡不好觉，生出来就有黑眼圈，不会说话就会失眠了，不会走路就开始厌世了。

秦始皇活着的时候，刺客这行是所有行业中最赚钱最刺激最拉风的了。很多少年的理想都是做一名刺客，十步杀一人，千里不留行。很多青年为了实现少年时代的理想，想尽一切办法去行刺秦始皇，虽然大都丢了脑袋，但丝毫不影响群众们的热情。

秦始皇一死，少年们的理想瞬间破灭，青年们的任务顿时结束。整个社会空前颓废，眼看就要沦为垮掉的一代，昨天还在痛饮狂歌的少年，今天就开始顾影自怜望剑兴叹了。失去目标和理想的他们整日无所事事，沉浸在"子欲养而亲不待"的悲痛里无法自拔。

这种情景秦舞阳看在眼里痛在心头，作为当时最杰出的刺客之一，他觉得他得做一些事儿，改变这种糟糕的局面。他找到当时最聪明的刺客同时也是他最要好的朋友高渐离。

酒至半酣，秦舞阳对高渐离说："老秦就这么撒手西去了，以前天天盼着他死的，现在他真死了，倒害了刺客这个行业。现在工作那么难找，那些刺客除了杀人别的什么也不会。我想了很久，决定办个学校，把这些人聚集到一起，教他们一些技艺。一来可以造福社会，二来他们做刺客的银子来得容易，多少会有些积蓄，我们就收了他们的积蓄做学费。一举两得，你看如何？"

高渐离说："你说得很对，我们是因为刺秦才聚到了一起成为朋友的，现在老秦死了，我们失去了共同的目标，势必要各奔东西。我实在不舍得和你们分开，相信你们也不舍得和我分开，既然办学校可以让我们继续在一起，还能造福社会，那就办吧，我不介意做个校长啥的。"

## （二）

您还在为没有一纸文凭找不到工作而发愁吗？您还在为自己没有一技之长而寝食难安吗？来扯淡全才学校吧，我们将把您培养成一名德智体美劳全面发展的人才。当今乱世，什么最珍贵？人才！扯淡全才学校本着对每个学生的终身发展负责的原则，把科学态度与人文精神融于教育之中，坚持以人为本，以质立校，着眼于培养学生成人、成才、成功。注重对学生综合素质的培养，并率先提出鲜明的教育口号："哪怕是仅有一个优点，也要使它成为学生人生成功的支点！"我校广泛开展各种活动，为每个渴望成才的青年提供发挥特长的机会，一批又一批优秀人才，展开理想的翅膀从这里飞向社会需要的地方。您还犹豫什么，赶快来报名吧，早报名早入学，早入学早成才。我校开设有武术班舞蹈班音乐班医疗班美容班，只有您想不到的，没有我们教不了的。

以上是高渐离写的宣传广告，因为之前搞乐队积攒了不少钱，学校很快办成。高渐离担任校长和音乐老师，秦舞阳担任教导主任和武术老师，兽医教医疗，小乐教唱歌，小虞教舞蹈和美容。

学校成立后，各大媒体都做了跟踪报道，社会反映良好，除了找不到工作的刺客，还有很多达官贵人家的公子来校学习。其中以沛郡人刘邦和宿迁人项羽最具有代表性。两人虽然都来自江苏省，身份却有天壤之别。

刘邦是个农民，家里穷，交不起学费，要不是他愿意打扫校园食堂操场教室寝室和厕所，高渐离都不会收留他。而项羽是原楚国名将项燕之孙，家产万贯，富可敌国。刚入学就给所有老师和学生每人送了一个尿盆。

那时候只有大户人家才用尿盆，那些乡下来的学生，根本没见过尿盆，也不知道是做什么用的，结果有的拿尿盆做了花盆，有的拿尿盆做了帽子，也有的放在房间里当艺术品。

刘邦是最有创意的，因为他吃得多，学校的碗小，所以一顿得吃好几碗。有了项羽送的尿盆后，他就用尿盆装饭，一盆就能吃饱，不用不停地去打饭了。

项羽入学后，秦舞阳教他学武术，没学几天项羽就烦了。于是秦舞阳又让高渐离教项羽学文化，没学几天项羽又厌倦了。项羽说："学文不过能记住姓名，学武不过能以一抵百，我要学便学万人敌！"

高渐离在招生广告里曾夸下海口，只有学生想不到的，没有我们教不了的。项羽要学万人敌，秦舞阳只好去请了个懂兵法的老师，可是学兵法的只有项羽和刘邦两个人，两个学生的学费，还不够他们给兵法老师开工资。

秦舞阳对高渐离说："这俩人真麻烦，要不找个理由把他们俩开除了？"

高渐离说："开除了项羽，以后学校要扩大规模就少了一个大款捐钱，开除了刘邦，以后学校的杂活就没人干，这年头农民工很受重视，请个校工不比请个兵法老师省钱。"

经高渐离这么一说，秦舞阳又觉得这俩人挺可爱的。

项羽和刘邦的共同点就是力气大，没事的时候俩人就在一起扳手腕，输了的人要从赢了的人的裤裆里钻过去。除了力气大，他们俩还很好色，没事就围着小虞老师，项羽有钱，就送礼物给小虞老师。刘邦没钱，就帮小虞老师扫地洗碗倒垃圾。

高渐离在教音乐之余，偶尔也会上几节文化课。可惜乱世之中，学生对文化课都不感兴趣，不是旷课就是早退。为了让学生们对文化课产生兴趣，高渐离决定搞曲线救国，采纳兽医提供的功能教学法。

功能教学法产生时又叫意念法、交际法或意念——功能——交际法，它是周武王时兴起于高丽国的学派。春秋时期经过庄子等人的推广，逐渐发展为交际法并衍生了许多变体，如结构功能法、平衡活动法等。此法的主要教学思想，是根据学生表达、交流什么观念、思想，就选学能够负载那些观念、思想的言语形式和语言规则，即按学生需要取材，由内容决定形式。在这一点上，功能法真正把语言和思维分开了。语言只是表达、负载思维的工具、符号。

以往的教学法都主张先掌握了工具，再去做家具，修房屋，建工厂，造工业品。但很可能你费心费力掌握了许多工具，而实际只需要劈点柴火，别的什么也用不着。那就太劳而无功了。

经过调查，学生最想学的是写情书，于是高渐离就把情书的分类，情书的文体，情书的格式，情书的内容，情书的语言，写情书的注意事项等全教给了学生。并且要求学生分别写一封情书。

以下是刘邦和项羽写的情书。

敬爱的小虞老师：

您好！

我是刘邦，小名刘季，我家有四个兄弟，我排行老三，我出生的时候，计划生育抓得正紧，政府提倡少生优生最好不生，对超生的人实施"抓、打、罚"三位一体疗法。许多幼小的生命啼声未止便被父母仍进了尿罐。我也不例外，可惜我天生水性好，泡了半天也没断气。无奈之下，父亲只好把我卖给了一对不会生育的夫妇。

在农村待过的人大概都知道，若是母鸡不会下蛋，就需要在它的窝里放一个圆圆的类似鸡蛋的石头，俗称"引蛋"，这样母鸡就会发现自己除了和公鸡调情之外还有下蛋的功能，然后义无返顾地下出蛋来。没想到这办法放在人身上同样管用，那对不会生育的夫妇把我抱回家不久，就弄出了自己的孩子。然后我就成了多余的。他们打算把我退还给父亲，可是父亲卖出我的时候没有开证明，我又无灾无病不属于三包范围。于是矛盾产生了，他们争吵着，唾沫星子喷了我一脸。可怜我那时太小，如果那时我会走路，我一定悄悄地走掉，我最不喜欢给人找麻烦了。后来，那对夫妇硬是把我扔在我家门前老槐树下废弃的磨盘上理直气壮地走了。母亲心慈，顶着父亲的骂声把我抱回了家。然后父亲被迫交了两头牛作为罚款。再然后跟所有的农村孩子一样，我玩着泥巴拖着鼻涕磕磕绊绊越长越大。与农村小孩子不同的是，我特敏感。屁大点事也会被我引发出无限感慨。识字以后，我爱看诗歌，为了看诗歌的时候不被人打搅，我常常躲到东厢房的衣柜里借着衣柜缝隙里透进来的光看诗。有一次我不小心在衣柜里睡着了，醒来的时候已是深夜。我以为爸爸妈妈一定在外面疯了似的找我，可是出去一看，人家早钻被窝里打起呼噜了。这事情让我伤感了许久。那些刻着诗歌的木头片子是借邻居王二的，那是个雕刻艺术家，他喜欢在木片上雕刻人物和诗歌，尤其喜欢雕刻屈原的诗，小时候我很钦佩他。不过这封情书跟他没多大关系。

我讲这么多，是想让你先对我有一个简单的了解。我已经了解你了，你却不了解我，这是不公平的。两个人谈恋爱一定要公平。虽然你还没有答应做我的女朋友，我也没有向你表白，不过不要紧，我这不是正在写情书嘛。

接着上面的说，我的父母冒着被抓的危险，顶着收入、住房和供养孩子所带来的经济压力生下了我，然后又生下了一个弟弟。在我三岁的时候，母亲去世了。从那以后，我就变得沉默寡言。沉默寡言加上喜欢看诗歌，这让邻里之间都觉得我以后会成为一个文化人，为政府工作。

众口铄金，受舆论的影响，一直不怎么看好我的父亲也开始对我好起来。还送我来扯淡全才艺术学校读书。斗转星移，我已经来学校两年了。在这两年里，除了迟到早退旷课之外，其他时间，我都在很认真地学习。我说这些，不是想在毕业的时候得到一个品学兼优的评价。其实别人怎么评价我，我根本不在乎。我只在乎您，敬爱的小虞老师。

您知道吗，当我看到您的第一眼，我就知道，您是我的女神。每当您对我微笑的时候，我的鼻血就会在脑袋里翻江倒海，但我从来没当着您的面流鼻血，我知道您晕血。

您那倾国倾城的微笑，胜过百合，胜过人间千言万语。在遇到您之前，我觉得我是为诗歌而活的。在遇到您之后，我知道我错了。您就是世界上最美妙的诗歌，我是为您而活的。遇见您之前，我一直在浪费我的生命。遇见之后，我想之前浪费再多光阴也是值得的。

不知道您是否有同感？

静候佳音。

刘邦

公元前 209 年 2 月 2 日

亲爱的小虞老师：

你好！

我是项羽，我听见你的声音，有种特别的感觉，让我不断想，不敢再忘记你。我记得有一个人，永远留在我心中，哪怕只能够这样的想你。如果真的有一天，爱情理想会实现，我会加倍努力好好对你，永远不改变。不管路有多么远，一定会让它实现，我会轻轻在你耳边，对你说：我爱你，爱着你，就像老鼠爱大米，不管有多少风雨，我都会依然陪着你，我想你，想着你，不管有多么的苦，只要能让你开心，我什么都愿意！这样爱你！

项羽

公元前209年2月2日

小虞把刘邦和项羽写的情书拿给秦舞阳看，秦舞阳看了之后问小虞，假如让她在项羽和刘邦中间做个选择，她会选哪个？

小虞说，当然是选项羽了，撇开肤色和出身不说，你看刘邦那么啰唆，嫁给他，非要被烦死不可。而且他说他一看到我，鼻血就会在脑袋里翻江倒海，要是我嫁给他，他还不得吐血而死，这样我就得落得个克夫的罪名，多不划算。而项羽就不同了，想什么说什么，直来直往，这才是男儿本色！

一直以来，小乐都为小虞喜欢秦舞阳而耿耿于怀，秦舞阳曾多次试图让小虞移情别恋，怎奈小虞痴心一片，再加上秦舞阳实在堪称当世豪杰，才貌无双，要找一个可以和秦舞阳媲美的人让小虞喜欢着实不容易。

项羽的出现，让秦舞阳看到了希望！

秦舞阳找到项羽，对他说："你请我吃饭吧！"

项羽说："我虽然有钱，可是我从来不随便请人吃饭。不过你是我的老师，请你吃饭也不算浪费。"

秦舞阳说："不会让你白请的，我有个好消息告诉你！"

项羽说："什么好消息？"

秦舞阳说："小虞老师喜欢你，她亲口告诉我的。"

项羽说："Oh my god！"

秦舞阳说："我要吃鸿门大酒楼的红烧猪蹄，这个要求不算过分吧？"

项羽说："不过分，我不但要请你，还要请刘邦，这下可以好好地刺激一下这穷小子了。"

项羽在请帖上写着——为庆祝小虞和项羽相恋，特在鸿门大酒楼设宴，望刘先生赏脸。

刘邦接到了请帖后，犹豫再三，无法决定去还是不去，于是就问身边的韩信。韩信说，项羽请你吃饭，你若不去，别人会以为你怕项羽，若去了吧，又恐项羽使诈，不过当着秦舞阳老师的面，项羽应该也不会做出太过分的事儿来！

刘邦说，那咱就去，再叫上一帮能吃能喝的弟兄，到了鸿门大酒楼，咱只管放开了吃喝，项羽若要为难咱们，咱们就借着酒劲跟他干一架！

刘邦在学校里交的朋友除了韩信之外大都和刘邦一样出身贫贱，唱着"锄禾日当午，汗滴禾下土，谁知盘中餐，粒粒皆辛苦"长大的。所以刘邦赴宴的时候，不但带了一百多个胃口好酒量大的弟兄，还嘱咐每个人都得带上两个饭桶，因为鸿门大酒楼的宴席很丰盛，吃饱后桌子上还会剩很多酒菜。

那天，秦舞阳带着小虞和项羽刘邦还有韩信在包间里吃喝，跟着刘邦来的弟兄都在大厅里玩乐，这是项羽和刘邦发现对方是自己的情敌后，第一次坐在一起吃饭。

席间，项羽故意点了一些古怪的菜肴，比如把烧红的石头放入汤内，汤内的生鱼便会被烫熟，入口鲜香无比；竹虫、蚂蚱、蚕蛹一并放入蝶形盘内，组成了三只蚊子一盘菜。

项羽知道刘邦是乡下人，不知道吃法，故意请刘邦先吃，好在韩信见多识广，每次都帮刘邦解围。

吃到一半，刘邦让韩信问一下小虞有没有表妹。小虞说，即使有，也不会让她和啰唆的人恋爱。刘邦听到这样的回答，再也忍不下去，借故要上厕所，离开了鸿门大酒楼。

失恋后的刘邦并没有表现出丝毫忧伤的样子，相反，他变得有些蛮横粗暴动不动就跟人拳脚相向。在寝室里殴打室友，在课堂上殴打同学。

秦舞阳把这种状况告诉了高渐离，问他是不是可以把刘邦开除了。高渐离说："记个过，再观察一阵儿，现在收个学生不容易，别老想着开除人。"

于是秦舞阳就开始观察刘邦，通过一段时间的观察。秦舞阳发现，刘邦夜里睡觉爱说梦话，还磨牙，和他住在一个寝室的人很遭罪，以前那些人都忍了。鸿门宴之后，项羽派人散布流言，说鸿门大酒楼做菜一直是用潲水油，刘邦早知内情，却还是带一大帮兄弟去吃，吃完了还带一些回来给其他兄弟吃，刘邦是想吃垮兄弟们的身体，避免有人跟他争权夺势。

本来就有很多人觉得刘邦太小气，不像个英雄。项羽没煽动他们的时候他们还能忍着，项羽一煽动，他们再也忍不下去了，都开始孤立刘邦。

有一天，刘邦一觉醒来，拿起脸盆毛巾牙膏牙刷去洗漱，当他在牙刷上涂好牙膏的时候，突然觉得嘴巴里少了点什么，对着镜子一看，才发现嘴巴里只剩下一颗牙齿了，足足比以前少了五颗牙。刘邦用脚趾头都能猜出是寝室里那几个王八羔子干的，刘邦想，这些人也太缺德了，嫌我吵就不要和我一起住嘛。要敲牙事先也该打个招呼啊，就算不打招呼，也不能把五颗好牙敲了，仅剩一颗蛀牙啊！

为了保护最后一颗牙，刘邦把床挪到了阳台上，阳台上很多苍蝇和蚊子，每天晚上刘邦身上都会被咬起无数红肿的大包，横看成岭侧成峰。为了防止蚊虫叮咬，刘邦决定不再洗澡。

韩信见刘邦被欺负，就劝刘邦转学。

刘邦说："每个学校都会有项羽这样的人，仗着家里有钱，今天欺负这个，明天侮辱那个，如果转学，也许会碰上比项羽更霸道的家伙。"

韩信说："那你就退学吧，出人头地不一定非要上学。"

刘邦说："我和你不同，你是贵族，家里有钱，不上学也可以活得很滋润。我是农民，上学是我唯一的出路，一旦退学，就得回家种地，我宁愿被欺负，也不愿过那种面朝黄土背朝天的生活。"

韩信说："你可以去打工啊，也能赚到钱。"

刘邦说："当今社会，没有文凭能找到什么好工作呢？你不用劝了，我不是那种遇到点挫折就打退堂鼓的人，相对复杂的社会来说，学校算得上一片净土了，如果连这点打击都忍不了，到了社会上，会混得更惨。"

有一天，刘邦去上课，发现自己课桌的抽屉里放了一瓶驱蚊用的花露水和一把折叠香木扇，花露水下面还压着一块粉红色的布帕，手帕上绣了个"雉"字。折叠香木扇上题了一首情诗——如何让你遇见我，在我最美丽的时刻，为这，我已在佛前求了五百年，求他让我们结一段尘缘。

刘邦想，这些东西分明是贵族小姐的，为什么会出现在我的课桌里，难道真的像老师说的那样，人生如梦梦如烟，野百合也会有春天？

刘邦不敢相信这是真的，毕竟他生得又黑又丑，还是农村户口。为了弄清楚真相，他开始寻找一个名字里有"雉"字的女生。

如果是项羽遇到这样的事，肯定没空理会，毕竟暗恋项羽的人太多了，如果把每个送礼物的都调查调查，那还不得累死，更何况对方不见得会是美女。就算项羽无聊，为了消磨光阴，也不会像刘邦那样偷偷摸摸。找人的方法有很多种，比如在报纸上登寻人启事，在墙上贴布告，让手下去打听。刘邦用的却是最见不得人也是效率最低的，见一个姑娘，就面红耳赤地问一声："姑娘尊姓大名？"

项羽和刘邦的区别就是，前者自恋，后者自卑。刘邦问了两个多月，学校里全体师生差不多被刘邦问了个遍，问得刘邦见到女人脸不红心不跳气定神闲了，也没有找到那个送礼物的姑娘。没有办法，刘邦只好去找韩信商量。

韩信一边摆弄他新买的画眉鸟一边说："在学校贴

个寻人启事不就行了。"

刘邦像个小弟一样搓着手说："在不知道对方底细之前我不想太招摇。"

韩信转身瞟了一眼刘邦的熊样说："明查不行咱可以暗访啊。"

刘邦说："我已经访过了，没有用的。"

韩信说："那就写同学录吧，你买几本同学录，就说你要退学了，让大家都给你写几句话，同学录上不但有姓名，还有一些简介，如果这样还找不到，我们再想别的办法。"

刘邦照韩信的策略，买了几本同学录，让同学们在各个班级里传，三个月后，写满的同学录回到了刘邦手中，刘邦打开一看，果然有个叫吕雉的人，但是在性别那一栏，写的却是人妖。

韩信说："既然是人妖，那就放弃吧，老师说过，天涯何处无芳草，何必非在本校找。"

刘邦说："老师还说过，人是人他妈生的，妖是妖他妈生的。吕雉既然是人妖，那就说明她的父母一个是人一个是妖。总之，责任在吕雉的父母，不能怪吕雉。"

特别感谢设计师兔子 041g 提供别册素材

《剑客没有剑》随书附赠

ISBN 978-7-5354-8894-7

9 787535 488947 >

定价: 36.80 元

韩信说："我是担心你和人妖结合了，会生出怪兽来。"

刘邦说："有怪兽就有奥特曼，怕什么！"

韩信说："那你打算怎么办？"

刘邦说："约她出来吃饭。"

韩信说："这次我可不帮你，你自己去搞定。"

刘邦说："没关系，你看这同学录上不写着的嘛，她学唱歌的，是小乐老师那个班的，小乐老师和小虞老师在一个办公室办公，我以前常给她们打扫办公室，小乐老师常在办公室给学生补课，没准儿我以前见过她。这次不用你帮，是她写情书在先，我只要顺水推舟就行了。不过你得借几件衣服给我，我现在这身打扮太粗俗了。"

韩信说："没问题，我再送你瓶高丽国产的香水。"

刘邦身高八尺，脚如磐石，穿上韩信的礼服，显得不伦不类。他打算到服装店让裁缝为自己量身定做几套衣服，可转念一想，吕雉作为一个人妖，品位肯定和正常人不一样，也许她偏偏就喜欢不伦不类呢。再者，如果真心爱一个人，又怎会嫌弃这个人的穿着打扮呢？想到这里，刘邦不再犹豫，套上韩信的礼服，洒上韩信送的高丽国香水，朝睡在韩信上铺的兄弟借了把琴，直奔声乐班女生公寓去。

刘邦虽然在追女生方面没有什么才华，却也粗通音律。不需要人帮助，他可以毫无障碍地用当时最流行的方式表达自己的思想感情。

到了女生公寓楼下，刘邦席地而坐，那时候已经是深夜，刮了很大的风，于是刘邦就决定唱一首自己写的大风歌。歌词如下："大风起兮云飞扬，皮肤黝黑兮立黑帮，安得姑娘兮守身旁！"

翻来覆去就这三句，刘邦虽然牙齿不全了，但依旧唱得是如泣如诉，楼上的女生听了无不狂吐，吐完之后，有女生站到阳台上端了一盆洗脚水威胁刘邦说："你再不走我就泼下去！"

刘邦见情况紧急，连忙高呼："不要泼，我不唱这首就是了。"

楼上的女生说："你还会唱什么呀？"

刘邦说："我唱我最拿手的！如果感到幸福你就拍拍手，如果感到幸福你就拍拍手，如果感到幸福就快快拍拍手呀，看哪大家一齐拍拍手。"

　　刚唱完一句，就听到楼上有人说："您还是早点歇着吧，明天上午八点，过桥米线店，不见不散。"

　　说这话的人远在六楼，刘邦看不清楚她的长相，说完这句话那人就回房间了。刘邦心中暗自得意，明天就可以和佳人共餐了，不过一想到要吃的东西是那拖鞋一般无味的米线，刘邦的心情又黯淡起来。

　　吕雉除了声似老牛，肤如树皮，满脸胡子满身毛，胸比较平之外，和别的女生没什么区别。但她自认为是人妖，所以入学两年了，一直没和人交往。在小乐老师的办公室补习功课的时候，她看到了高大威猛皮肤比她还要黑的刘邦，顿时感到十分亲切。后来见刘邦身上被蚊虫叮咬得横看成岭侧成峰，感到十分心疼，就买了花露水和折叠香木扇送给他，扇子上的诗其实是出厂时就有的。

　　刘邦到女生公寓楼下唱歌，让吕雉吓了一跳，她平时做事一向低调，突然遇到刘邦这样激情澎湃的人，让她有些不知所措。其实刘邦以前也挺自卑的，他的自信是在寻找吕雉时建立起来的，前面已经说了，他为了找吕雉，见到每个女生都要问一下人家的姓名，问得多了，脸皮就变得很厚。这个故事告诉我们，对于自卑的人来说，只有广泛地和陌生人接触，减少一个人独处的时间，才能得到快乐和自信。

刘邦从女生公寓回到自己的住所，躺在床上，辗转反侧，无法入睡。自从只剩下一颗牙齿后，刘邦就只能喝粥度日，如今吕雉说要去吃米线，让刘邦很为难，思来想去，只好去补牙。补牙很贵的，刘邦没有钱，又不愿意向别人借。第二天一早，见到吕雉，刘邦只好实话实话：大姐，实在不好意思，你帮我补了牙，我才能和你一起吃米线。

补完牙，吕雉问刘邦是不是爱吃糖，刘邦说不爱，吕雉说那你牙齿怎么几乎掉光了，刘邦就告诉了吕雉事情的经过。

吕雉说："你要懂得反抗，否则你补了的牙迟早还要被敲掉。"

刘邦说："我打不过他们。"

吕雉说："谁让你和他们打了，要动脑子，不要逞匹夫之勇，你不是有个兄弟叫韩信吗？让他帮帮你不就行了。"

刘邦说："韩信不愿意得罪人。"

吕雉说："你真笨，你给韩信一些好处，再给他一些承诺不就行啦，重赏之下，必有勇夫。"

刘邦说："韩信是贵族，平时都是他送我东西，我哪有什么东西给他啊。"

吕雉说："真拿你没办法，这样吧，我给你一些钱，你买一些可以使人放屁的食物，吃了之后就到寝室里放屁，把那些欺负你的人熏走。"

刘邦按吕雉的吩咐，买了吃的，然后就到以前住的房间放了几个屁，结果余臭绕床三日不绝。寝室里那几个人受不了那种五谷杂粮以及猪马牛羊肉混合在一起发酵后所产生的味道，都搬了出来把房间让给了刘邦。

事后，刘邦又用吕雉的钱请和他一样出身贫贱的同学吃了顿饭，洗了桑拿。刘邦对其他帮会的老大说："咱们都是皮肤黝黑的人，都是农村户口，咱们应该团结一致。项羽是皮肤嫩白的人，是城镇户口，和我们不是一路人，他是故意分裂我们，让我们无法和他抗衡，受他的统治。我们不能上当！听说项羽最近让你们去做美白手术，你们太傻了，虽然做手术的钱是他出，但你们不觉得这是种侮辱吗？我们生下来就是这么黑，为什么要改变？有人说雪白的皮肤是一种时尚，那是屁话，只要我们团结起来，强大了自己，那我们黝黑的皮肤也会引领时尚，到时候你看吧，那些皮肤嫩白的贵族肯定会放下手中的报纸，走出房间，站在烈日底下暴晒，为的就是成为和我们一样的人……"刘邦最后以"劳动者是最光荣的"这句话结束了自己的演讲。

刘邦的话深深地打动了在场的每一个人，他们决定痛改前非重新做人，跟着刘邦混。可惜刘邦在学校扳回劣势后不久，天下就乱了。有农民在大泽乡起义，随后六国贵族的遗老遗少纷纷响应，半个月的工夫，秦国就失了一大半的领土。秦二世为了保住皇位，连忙派人把修长城和修皇陵的罪犯组织起来去和起义军打仗。

项羽的叔叔也参加了起义军，项羽觉得打仗比上学好玩，就领了一些学生退学去了叔叔的军队，小虞老师也跟着项羽走了。战争蔓延到秦舞阳他们学校所在的城市的时候，刘邦也退学了，并且领着一些出身贫贱的学生用吕雉的钱建立了一支小军队，自立为王，立韩信为大将军。

（三）

学校没有了学生，只好关门，秦舞阳和高渐离小乐兽医四个人支起麻将桌，再次通宵达旦地打起了麻将。

正所谓覆巢之下无完卵，天下大乱，秦舞阳等人的生活
不可能不受影响，但是若贸然参与到战乱之中，又不知
道会发生什么。他们虽然打着麻将，心思却都在一墙之
隔的战场上。好在参战的军队中大都有他们的朋友或学
生，那些学生很给他们面子，攻城略地烧杀抢夺，半年
之中他们所在的城市换了几次主人，却都没有动他们学
校的一草一木。偶尔还会有当了将军的学生送猪蹄来给
秦舞阳吃。

受战乱的影响，粮食的价格狂涨，而且因为秦朝即
将灭亡，秦朝发行的铜钱大都没人要了，买粮食要用黄
金白银或者珠宝，很多百姓因此卖儿卖女，饿死街头。
秦舞阳心地善良，每次出去买米，都会顺便买个十岁左
右的孩子回来，高渐离跟秦舞阳说过，不能买孩子，要
买也得买十岁以上的。久而久之，学校里就养了几百个
孩子。

有一天，米吃完了，秦舞阳又到外面买米。刚出门，
就被一群父母围住，他们争抢着要把孩子卖给秦舞阳，
因为秦舞阳买了孩子是放在学校养着，有的人买了孩子，
直接就杀掉吃了。卖儿卖女的人实在迫于无奈，毕竟是
身上掉下的骨肉，谁也不想孩子卖掉后被杀。秦舞阳理

解他们，可是秦舞阳的银子要用来买米的，再者买回了人要养着，以前一袋米够他们四个人吃半个月，现在十袋米不到一个月就吃完了，秦舞阳想自己若再买孩子回去，一定会被高渐离骂死。

以秦舞阳的武功，想从一群饿得皮包骨头的老百姓中间脱身，非常容易，可是看着那些饿得气若游丝的孩子，他心软了。最后他把买米的银子拿出一半买了孩子。那会儿的孩子特便宜，一两银子可以买三百个，和太平盛世时的糖葫芦差不多。

买完了米和孩子，一队骑兵突然从街上跑过，在秦舞阳的学校门口停了下来。秦舞阳问路边的乞丐，现在的城主是谁。乞丐说："貌似是一个姓项的将军。"

果然，秦舞阳回到学校时，项羽正在和高渐离喝茶聊天，小虞挺着个大肚子坐在旁边。看到秦舞阳带着一群小孩进来，高渐离皱起了眉头，说："告诉你多少次了，不要再买人回来，买几头猪多好，吃了也没有罪恶感，你明知道我们几个都下不了狠心，吃不了人。"

秦舞阳正要解释，项羽说话了："老师们心地善良，学生十分敬仰，明日我让手下送二十头猪来。"

秦舞阳对高渐离说："你看，这不是有吃的了嘛。"

高渐离说："天下不太平，有多少吃的也不够啊！"

项羽说："如今天下都在反秦，老师为什么要待在这里打麻将呢？"

秦舞阳说："说来话长，不过我们迟早会出去的，毕竟坐吃山空，我们的粮食和钱财都已所剩无几。"

高渐离说："我们在等待时机。"

项羽说："时机？现在不是最好的时机吗，我刚在巨鹿大败秦军，现在所有的诸侯都听我的号令，老师如果有兴趣，就随我到彭城，我要在那里定都。到时候封老师们为太师。"

这时候一直在旁边坐着的兽医问了句："刘邦怎么样了，你退学后不久他就也退了，据说也参加了起义。"

项羽说："刘邦退学后，先在他老婆的帮助下，靠卖潲水油发了家，发财后他手下聚集了不少人，占了几座城池。念在昔日同学一场，我就封他为汉王，统辖汉中巴蜀之地。谁知那小子野心很大，有人告诉我他想跟我一争高下，我现在正在搜集证据，一旦证实他确有造反之意，我就先下手灭了他。"

高渐离说："这就是我们办学校的初衷啊，看着你们一个个都成功成才，我心里甭提多高兴了。不过卖潲水油可不是什么好事儿，虽然暴利，坑害的却是广大人民群众。刘邦有这个前科，是很难得民心的。"

项羽说："对，他早晚要完蛋。那老师们到底随不随我去彭城呢？"

秦舞阳说："暂时不去了，我还有点事没办，你先去彭城吧，过阵子我们就去找你。"

项羽说："老师有什么事儿，告诉我，我让下人帮你办，或者我亲自帮你办。"

秦舞阳说："不行，这事儿得我亲自办，你放心好了，事情办完我们一定去找你。"

项羽说："那好吧，那就不打扰各位老师了，我先走一步，咱们彭城见。"

项羽刚走，高渐离就问秦舞阳，为什么不答应和项羽一起去彭城。秦舞阳说，刘邦和项羽是死对头，现在刘邦还活着，而且还是汉王，势力虽然没有项羽大，但刘邦的老婆善于用人，迟早会和项羽大战一场，咱们还是等到他们俩决战之后再出山吧。

项羽走后不久，高渐离让秦舞阳教那些买来的孩子武功，秦舞阳数了数，已经有近千个孩子了，高渐离说要创建一支独立军，关键的时候会有大用场。这支队伍依旧沿袭了他们以前建乐队时用的名号，叫"浪荡千人组"。

这些孩子都是穷人家的，很能吃苦，也很听话，几个月的时间，他们就达到了秦舞阳当初花了一年才达到的武学境界。这时候给他们一把剑，让他们去和成年人搏杀，每个孩子都可以以一敌三。

项羽到彭城后，就不断派手下来请秦舞阳等人过去，每次秦舞阳都以有事或有病为借口往后推辞。直到小虞产子，项羽再下请帖，考虑到和小虞的关系，秦舞阳等人就带着浪荡千人组去了。高渐离说，乱世之中，有这样一支队伍，到哪里都不怕。

到彭城后，项羽硬要封秦舞阳等人为太师，专门给他们造了座府第，派了几十名丫鬟伺候他们。高渐离住得舒心，常去找项羽闲聊。项羽说，他想效仿昔日的周天子。

高渐离说："做天子不如做皇帝，做天子，诸侯手中就会有兵权，万一有诸侯叛乱，不好收拾。做了皇帝，权力全在自己手里，睡觉才能踏实。"

项羽说："当今天下，没人不服我西楚霸王，谁敢言反，我诛他九族！"

高渐离说："随你的便，现在你是霸王，我做不了你的主。"

转眼的工夫，项羽的孩子满月了。项羽在彭城设宴，给各路王侯都发了请帖，汉王刘邦九江王英布以及塞王司马欣翟王董翳都来了，唯独镇守齐地的田荣没有来。项羽派人去问，田荣说，别人都封了王，他田荣却还是个将军，既然霸王看不起田荣，那田荣就自立为齐王好了，至于霸王孩子满月，他齐王会送一份大礼的，宴会就不参与了。

项羽听到这样的回复，大怒，连夜率领十五万精兵去齐地灭田荣。次日的宴会由高渐离主持，因为霸王去打仗了，大家都没什么心思玩，宴会很快就散了。

宴会散了之后，各路王侯都回到了自己的封地，只有刘邦留在太师府里和秦舞阳等人叙旧。秦舞阳一直不大喜欢刘邦这孩子，当初在学校，项羽欺负他，秦舞阳都是睁一只眼闭一只眼。高渐离对他也没兴趣，只有兽医和他聊得投机。临走的时候，刘邦送了秦舞阳等人每人一对翡翠马，秦舞阳看都没看就赏给丫环了。如果刘邦送的是猪蹄，也许秦舞阳还能对他产生点好感。

刘邦在太师府待了半个多月，项羽还没有回来。虽然秦舞阳没打过仗，但也可以猜想到这仗打得不顺利。刘邦走的时候对兽医说，过阵子还会来看望他们。秦舞阳和高渐离都觉得这句话别有用心。

果然，三天之后，就听到了刘邦造反的消息，司马欣董翳等王相继被刘邦吞并。刘邦以迅雷不及掩耳之势占领了彭城，那时候彭城只有不足五万的守兵，而且还都是老弱病残之辈。这次韩信和刘邦一起来了，带着各自的家眷，仿佛要定居此地的样子。彭城堆满了项羽昔日灭秦所得的财宝和白白胖胖的美女，刘邦进城后，不见任何人，整日躲在项羽的后宫里享乐。

小虞怕被刘邦占便宜，刘邦攻城的时候她就带着孩子住到了太师府里。秦舞阳虽然是刘邦和韩信的老师，但因为小虞这层关系，在刘邦眼里秦舞阳他们是属于项羽的人。彭城被破后，秦舞阳等人的自由就受到了限制。刘邦在项羽的后宫里折腾了半个月，终于腻了。他得知小虞在太师府，就写了封信给小虞，信上只有两句话："你为何爱着别人，对我如此冷漠，让我心酸让我痛。你为何这样无情，留下全是伤悲，让我独自去忍受。"

小虞回信说，相爱总是简单，相处太难，不是你的，就不要勉强。

刘邦不甘心，派手下到太师府要抢小虞进宫。

为了小虞母子的安全，秦舞阳杀出重围去找韩信。秦舞阳对韩信说："你的功夫全是我教你的，如今我有事求你，你肯不肯帮我？"

韩信说："一日为师，终身为父，父命不敢违。"

秦舞阳说："那你给我个通行证，让我带着你的老师们出去。"

韩信说："问题不大。"

秦舞阳带着小乐高渐离小虞兽医等人，拿着韩信的手令，在浪荡千人组的掩护下，顺利地出了城门。出城二十里，秦舞阳看到一支骑兵队伍飞一般从他旁边跑过，为首的正是项羽，由于秦舞阳等人坐在马车里，项羽并没有看到他们。秦舞阳想叫住项羽，话未出口，项羽就跑到十里之外了。

秦舞阳想，彭城的防御设施都是楚兵自己布置的，再加上楚兵因为大本营被占，个个气愤得像个气球，而汉兵以为项羽还在遥远的齐地，守备松懈。所以胜负已成定局。不过秦舞阳并不打算回去，项羽和刘邦都是当世枭雄，鹿死谁手还说不定。识时务者为俊杰，乱世之中，立场不能太坚定。

　　作为娘家人，秦舞阳打算带小虞母子回学校，这样假如项羽灭了刘邦，他们就把项羽的老婆孩子送回去。假如刘邦灭了项羽，他们就把项羽的孩子养起来。无论谁灭了谁，都不能让小虞母子吃亏。可是小虞不愿和项羽分开，小虞的孩子又离不开小虞。小虞带着孩子跟着项羽秦舞阳和高渐离又不放心，最终，他们又回到了彭城。

　　彭城之战，刘邦败得很惨，六十万大军死的死逃的逃，刘邦只带了三五个随从，在韩信的掩护下逃到了荥阳。刘邦的老婆孩子和父亲也成了俘虏，被项羽的手下软禁了起来。项羽看到自己的后宫被刘邦糟蹋得不成样子，非常生气，想拿刘邦的老婆报复，可是把刘邦的老婆拉出来一看，居然是个人妖，项羽的愤怒一瞬间变成了同情。

　　月圆风清的晚上，项羽对着天叹了口气说："谁能想到，汉王刘邦，也算一代天骄，娶个老婆却是人妖。"

（四）

　　彭城被刘邦糟蹋得不成样子，逃跑的时候，刘邦还在项羽后宫的墙壁上写下"刘邦到此一游"。那行字写得深，擦不掉，只好涂上别的颜料掩盖，可是颜料无法掩盖项羽心里的阴影。休息了一阵子后，项羽决定迁都到自己的老家宿迁。这时候有谋士说，彭城是个好地方，夏禹治水时，把全国疆域分为九州，彭城即为九州之一。而宿迁太小了，最好不要迁都，要迁也迁个大点的地方。

项羽说："彭城离刘邦的老家很近，这里有很多他的熟人，我们占着彭城，刘邦心里肯定不爽。"

谋士说："霸王怎么说出这样的话来，难道霸王还怕一个小小的刘邦吗？"

项羽说："不是怕，宿迁是我老家，富贵不归故里，如同夜间穿锦绣走路，没有人知道。我出来这么多年，不知道老家变成什么样了，现在是乱世，如果我在宿迁，最起码可以保证宿迁百姓的平安。"

谋士说："霸王您变了，您变得不自信了，楚军之所以能以一敌百，百战百胜，全靠您的霸气，如今您变得老气横秋的，楚军的士气必然会因此而大跌，若汉军再来袭，楚军必败无疑。"

项羽说："你敢扰乱军心，来人，把这厮拉出去煮了。"

项羽煮了谋士之后，就派人去宿迁建造宫殿，打算建好了就搬过去。刘邦逃到荥阳之后，马上组织人马，打算再去攻打项羽，夺回老父和老婆孩子。

项羽封的王侯中，最勇猛的是九江王英布。这人在秦朝时是个罪犯，后来秦朝灭了，他就加入了项羽的军队，因为作战勇猛，官衔升得很快，是项羽的五虎上将之首。项羽把刘邦赶出彭城之后，让英布去继续攻打齐地的田荣。英布推辞说生病了不想去，项羽很生气，就要派人去收英布的兵权。与此同时，刘邦也派人去拉拢英布。刘邦的人在半路上遇到项羽的人，就把项羽的人杀了，然后以英布的名义给项羽写信，说以后不听项羽的调遣了。项羽收到信后很生气，就派人去攻打英布。英布危难之时，刘邦派兵帮英布击退了楚军，从那以后，英布就开始跟刘邦混了。

项羽的孩子周岁时，宿迁的宫殿建好了，项羽就带着人马离开彭城奔赴宿迁。走到垓下的时候，刘邦联合英布以及田荣等王的人马，把项羽给包围了。秦舞阳等人和他们的浪荡千人组也在楚军之中。

项羽说："敌军有六十万，我们只有不足十万人，想冲出重围不算太难，问题是我们此行是迁都，带的东西太多，如果把东西扔了，就太便宜刘邦了。"

秦舞阳说："要不我先保护你的老婆孩子杀出重围，你在这儿慢慢和他们打，我到了宿迁，安排好家眷，就带兵马来支援你？"

项羽说："也只能如此了。"

楚军被四面包围，秦舞阳想自己是韩信的老师，韩信应该会给自己面子。于是就带着人马朝韩信那边跑去。果然，韩信看到领队的是秦舞阳，连忙让手下的士兵放下弓箭，分开一条道，放秦舞阳等人出去。秦舞阳等人刚出重围，就听到韩信说："现在我的老师们已经不在楚营了，大家不用顾忌了，动手吧。"

韩信话音刚落，只见乌云密布，飞沙走石，楚营中乱作一团，哭爹声喊娘声吐血声，声声入耳。场面相当凄惨。

秦舞阳说："想不到刘邦的势力竟然发展得这么快。"

高渐离说："世事难料，穷少年往往能干出大事业，不过项羽也不是吃素的，如果这样就解决了他，那他也枉称西楚霸王了"

高渐离话音刚落，楚军中突然以闪电般的速度冲起一股白色的烟雾，待到近前才发现是一匹白马，马上的人怒发冲冠，手持一杆霸王枪，直奔韩信而去，路上有兵将阻挡，皆被他单手用枪挑死。

韩信见状，连忙策马扬鞭，一边跑一边冲秦舞阳喊："老师救我！"

韩信刚到秦舞阳身后，那人也到了，仔细一看，果然是项羽。

韩信对秦舞阳说："老师快拦下此人，否则我命休矣。"

项羽说："老师让开，这娃以多欺少，太缺德了，我一定要挑死他。"

韩信说："你别杀我，我下令让人停手就行了。"

秦舞阳说："那你快下令啊，别啰唆了。"

韩信说："你先让项羽答应别杀我。"

秦舞阳说："我答应保你不死就是了。"

说时迟，那时快，韩信听到秦舞阳说保他不死，马上下令休战，楚军阵营随之风平浪静，不过楚兵已经死伤了一半。

韩信下令攻击的时候，刘邦的父亲和老婆也在楚军之中。如果换作别人，肯定会有所顾忌，起码要先请示一下刘邦。而韩信是刘邦的心腹，早知道刘邦已经不喜欢吕雉了，这次正好可以借杀敌之名灭了吕雉。如果去请示刘邦，刘邦一定会很为难，一边是老婆孩子和爹，一边是天下，不要哪个都不好。让韩信没有想到的是，集合了那么多军队还是伤不到项羽，反而差点被项羽杀掉。

项羽间接救了吕雉一命，吕雉从此恨上了韩信，打算等战斗一结束就教唆刘邦除掉韩信。

项羽对刘邦说："要想你老爹老婆和孩子活命的话，就放我过江去。"

刘邦说："你先放了我老婆孩子和我爹，我就放了你。"

项羽说："一言为定！"

刘邦说："骗你是小狗！"

项羽暗想，只要过了江，就是我的天下，普天之下，唯楚有才，不出半个月我就能再组建一支凶猛的部队，到时候再回来收拾这个穷小子！

项羽放了刘邦的家人后，汉军马上分开一条道，楚兵顺利地出了重围。可是到了江边，却发现船不够用，项羽打算派人去伐木造船，突然听到汉兵喊着"人心都厌楚，天下已属刘；韩信屯垓下，要斩霸王头"的口号追杀上来。

项羽想，刘邦这厮真是无赖，说好放我走了，现在又来追我。项羽的部下建议项羽先渡江，只要项羽活着回到江东，一切就还有希望。

项羽说："当年我带着八千子弟渡江而西共谋天下，如今天下没征服，八千子弟也死了，我一个人回去，怎么面对江东父老。就算江东的百姓不埋怨我，我也没脸面再让他们随我去打仗了。"

楚兵听了项羽的话，顿时涕泪交加，伤残的士兵此刻也忍痛拿起武器站了起来，一起高呼："我等随霸王征战多年，今霸王若死，我等也没有颜面回江东。"

项羽说："我让你们活着回去，你们就得活着回去，否则就是违抗军令！天下大乱，都是因为我和刘邦相争，今日我死了，天下也就太平了。"

小虞也大喊："霸王不要死，我的孩子不能没有爹！"

项羽本来已经做好了回手一枪，穿膛而死的动作。听到小虞的喊声，他又把举起的枪放下了。项羽三岁丧父，七岁丧母，深知孤儿寡母的不易。

这时候刘邦说："看在老同学的面子上，我可以放你的士兵一条生路，但是你得自废武功，回乡务农。"

项羽说："自废武功可以，至于回乡务农，我恐怕做不到，我连韭菜和麦苗都分不清楚。"

刘邦说："那你就养猪吧！现在猪肉那么贵，你一定能在养猪这个行业大有作为的！"

项羽心想这黑娃真狠啊，让我堂堂西楚霸王去养猪！但是又能如何呢，为了孩子，养猪就养猪吧！

楚汉之争，从此结束。刘邦称帝，在山东定陶泗水之阳举行登极大典，定国号为汉，封韩信为楚王，其他将领也一一封了王侯。

项羽去养猪后，秦舞阳和高渐离等人就在宿迁买了房子，每日遛遛鸟，打打麻将，啃啃猪蹄，吃吃西瓜，生日过得相当清闲。

项羽的儿子名叫项日奎，此子天生神力，食量惊人，三岁就能吃掉两个猪蹄，五岁时就能提两桶水走路而且健步如飞。秦舞阳本来想让他做一个剑客，练成人剑合一，然后去刺杀刘邦。可惜项日奎只喜欢项羽留下的霸王枪。

项日奎三岁时，有人传言说韩信要造反，刘邦就把韩信抓起来拷问了一番，结果问不出名堂，只好把韩信放了，但是官衔由楚王降为淮阴侯。韩信很不满，但也没办法。

项日奎五岁时，有人传言说英布要造反，刘邦就把英布杀了，还把英布的肉分给各路诸侯，韩信分到了一条腿。刘邦听说项羽儿子还活着，就送来英布的半块屁股和一封信。信中说，孩子正是长身体的时候，要多吃肉。信中还说，当年刘邦跟老师学了七种杀人方法，结果他只用了三种就平定了天下，剩下四种没地方用，想借老师们的身体练练手。

刘邦这人说得出做得到，为了安全起见，高渐离打算换个住所。这时候韩信派人送信来说他想造反，可是实力不够，想请老师们出山帮他。

来使还说，刘邦近日在收买大批的武林高手，只要找到武功比秦舞阳高强的，他便会派来抓小虞和项日奎。

见秦舞阳不太相信，那来使又加了一句："小狗才骗你！"

高渐离说："看来天下又要乱了。"

秦舞阳说:"项日奎尚且年幼,如果我们现在就动手,怕有闪失。"

高渐离说:"刘邦不会等着你把项日奎调教成的,就算刘邦不派人杀项日奎,等到项日奎长大,刘邦或许会像秦始皇一样病死。不能让项日奎像你我当初那么窝囊,没下手呢,目标就死了。"

## (五)

浪荡千人组的成员虽然都已经成年,每个人都能以一敌十,但是若要拿这点力量和刘邦打仗,无异于以卵击石。而明目张胆地招兵买马,又会遭到刘邦的镇压。高渐离思来想去,只想到了一个办法,那就是创建一个门派,名义上济世救人,暗中组织反汉复楚的力量。

那时候已经有了佛教道教基督教和伊斯兰教,为了显得与众不同,高渐离决定取名为日月神教。教主是项日奎,小虞是圣母,秦舞阳和高渐离以及小乐兽医分别是四大护法。

秦舞阳和高渐离等人当年建过乐队,搞过全国巡回演出;办过学校,到处都贴有他们学校的招生启事。所以他们的面孔和名字并不让人感到陌生。一听说他们创建了一个宗教，立刻有一大帮无业游民跑来报名。但他们要的并不是一群乌合之众，而是有理想有抱负有一定的文化程度的社会青年。所以半个月下来，他们只收留了两千多人。

但就是这两三千人，也让秦舞阳很头疼，因为没有太多的粮食。项羽祖上留下的田产，如果只养浪荡千人组，多少还会有些宽裕。而要支撑偌大一个日月神教，必须得想别的办法。考虑到韩信也有造反的打算，秦舞阳就修书一封，想向他借点粮食。可惜韩信今非昔比，由堂堂楚王，降成了小小的淮阴侯，兵力上被抽走了一大半，粮草上更是捉襟见肘。但韩信并没有拒绝，而是给他以前的部下写信，让他们借粮给秦舞阳。

一个月后，驻守巨鹿郡的陈希果然送了一百车粮草给秦舞阳。有了粮草，秦舞阳再招起人马来底气就足了。项羽兵败后，他的逃亡将领，昔日扯淡全才学校的学生钟离昧带着几万名楚兵逃到了沙漠里。后来日月神教的名气越来越大。钟离昧得知日月神教的教主就是西楚霸王的儿子，就带着兵马投奔日月神教。钟离昧的到来让日月神教的粮草又紧张起来，秦舞阳想韩信迟早要和他们一起造反的，就劝钟离昧先去韩信那里。

韩信刚入扯淡全才学校的时候，是跟着项羽混的，那时候项羽不大重视他，只有钟离昧还算看得起他，常和他下棋，两人的交情不错。后来各侍其主，就没有再往来。如今刘邦为巩固皇权，一心想诛灭韩信。韩信正愁没助手呢，也就不怕别人说闲话，愉快地接纳了钟离昧。

钟离昧和英布一样，是项羽的五虎上将，楚汉之争的时候，没少打刘邦。尤其是彭城之战，钟离昧杀的汉兵最多。刘邦对钟离昧恨之入骨。听说钟离昧去了韩信那里，还被韩信当上宾招待，刘邦非常生气。可是刘邦知道韩信善于用兵，如今又有了项羽昔日的大将帮助，等于如虎添翼，如果派兵去打韩信，肯定打不过。只能智取。

刘邦先是给韩信写了一封信，信中提到韩信当年得了有传染性的皮肤病，不为项羽所容，是刘邦菩萨心肠不计出身冒着被传染的危险和他交朋友。而钟离昧是项羽的人，项羽是敌人，对待敌人不能心慈手软，不能给敌人肉吃，不能让敌人出入有车马。应该把敌人丢到大牢里。

　　韩信把刘邦的信拿给钟离昧看。钟离昧说："刘邦如今已得天下，正所谓狡兔死走狗烹，飞鸟尽良弓藏，敌国破谋臣亡。英布就是个例子，如果淮阴侯杀了我，那等于飞鸟砍断自己的翅膀。唇亡齿寒，我若死了，淮阴侯也活不久。"

　　韩信说："你若不死，刘邦马上就会派兵来攻打我，现在时机还不成熟，我不能挑明了反他啊。"

　　钟离昧说："当断不断，反受其乱，当今天下，手中有精兵者，皆是淮阴侯昔日的部下。只要淮阴侯言反，天下都会反。"

　　韩信说："那咱试试？"

　　钟离昧："试试吧。"

　　于是韩信给刘邦回信说，自从我当上楚王到现在，深居简出，已经养得白白胖胖。前几日高丽国又进贡了一些护肤品和面膜，我用了之后，效果非常好。我寻思，当年的项羽恐怕也没我现在这么白。

　　除了信，韩信还把高丽国进贡的护肤品和面膜拿出来一些送给刘邦和吕雉。刘邦收到信后，拿给吕雉看。

　　吕雉一看大怒说："皇上让韩信收拾钟离昧，韩信却绝口不提此事，还拿项羽自比，显然是要造反啊！"

刘邦却依旧慢条斯理地说："我当初不该将他从楚王降为淮阴侯啊，他恨上我了。"

吕雉把韩信的信收好放进袖子里说："现在说什么也晚了，为了江山社稷的安稳，这俩人必须得除掉。"

刘邦端起桌上已经放凉的茶喝了一口说："打起仗来我不是他们俩的对手啊。"

吕雉沉默了一会儿说："我有一个办法，你回信给韩信说，高丽国的化妆品和面膜已经落伍了，用了会有副作用，脸蛋光滑白嫩了，屁股上却要长痔疮。现在扶桑国的美容技术才是世界一流的。前阵子未央宫中新来了一个扶桑国的美容师，改脸形，人性化隆乳，鼻整形，激光溶脂，植毛，拉皮除皱，技术精湛，设备一流。连吕雉这样的人妖现在都被搞得倾国倾城了。"

怕韩信不信，刘邦还专门请人画了幅美人图，说是吕雉现在的模样。画上的女人仿佛兮若轻云之蔽月，飘飘兮若流风之回雪。远而望之，皎若太阳升朝霞；迫而察之，灼若芙蕖出渌波。韩信一看就呆住了，口水直流。

钟离昧当时也在旁边。韩信就对钟离昧说："我要去长安整容，你要不要一起去？"

钟离昧说："这一看就是个圈套，淮阴侯若去了，必死无疑。"

韩信说："他连我屁股上长痔疮都知道，不会是骗我的。"

钟离眛说："十男九痔，知道你屁股上有痔疮有什么神奇的，知道你腰上长痔疮那才叫神奇！"

韩信说："我是用了高丽国的面膜之后才长痔疮的。"

钟离眛说："可是那张画上一定不是吕雉本人，就算是，也是 PS 过的。"

韩信说："宁可信其有，不可信其无。为了美容，这次我豁出去了。"

韩信到了长安，刘邦亲自接他到未央宫，刚进宫门，左右的侍卫就把韩信绑了起来。这时候吕雉也出来了，韩信见吕雉身上的毛更长了，而且声音还是像鬼哭狼嚎一样，就知道自己中计了。

韩信皮笑肉不笑地说了句："同学两三年，不知吕雉是母狼。"

吕雉也笑了，但很快转笑为怒说："死到临头了你还敢骂我！"

韩信说："我没有骂你，我在背小白老师教我们的木兰辞。真的很怀念我们在一起上学那会儿。"

这时候刘邦插话说："是呀，当初我追吕雉时穿的衣服还是借你的呢。"

韩信继续怀念往事说："那些衣服到现在你也没还我，还有香水。"

刘邦仿佛也被韩信带回了少年时代，他说："我还借了睡在你上铺的兄弟的琴，也没还。"

韩信索性用他那充满磁性的男中音唱起了歌："那时候天总是很蓝，日子总过得太慢。你总说毕业遥遥无期，转眼就各奔东西。"

刘邦顿时被韩信的歌声征服，他说："你别唱了，唱得我都想哭了，我不杀你了还不行吗？"

韩信收住了笑容一脸严肃地说："你杀了我吧，其实我早料到此行必死的，你不杀我，天下就不会太平。"

刘邦近乎哀求地说："那你就不能放弃兵权，安心地做个老百姓，我多给你点钱还不行吗？"

韩信的态度依旧强硬："我天生就喜欢打仗，我讨厌太平盛世。只有在乱世，才能充分地体现出我的价值。"

刘邦有些语无伦次了："为什么会变成这样？为什么？我宁愿放弃帝王之位，宁愿回到校园里，宁愿被项羽欺负。"

韩信说："你别扯淡了，严肃点，我们可是有一定地位的人，一言一行都会被载入史册的。"

刘邦说："我是认真的，当年，小虞老师对我笑一下，就能让我开心好几天。如今，我拥有了天下，却一分一秒也开心不起来。"

韩信说："弃我去者，昨日之日不可留，乱我心者，今日之日多烦忧。长风万里送秋雁，对此可以酣高楼。老刘，你松了我的绑吧，我身上还有几两银子，让我再请你喝一次酒吧。"

刘邦转身去看吕雉，吕雉说："这娃真啰唆，都要死了还喝什么酒，你看人家项羽多干脆，让干吗就干吗，一点也不麻烦别人。"

韩信说："我和老刘喝酒管你这人妖什么事儿。"

刘邦说："嗯，这酒得喝，不过不能让你请我，以前在学校你请我喝过无数次酒，如今你要死了，我得请你一次，要不然以后就没机会了。"说完，就给韩信松了绑。

韩信喝完酒，仰天长笑几声，然后拔出刘邦的佩剑，回手一剑，直穿胸膛，血溅三米。

吕雉边呼喊宫女打扫卫生边嘟囔："死都死得这么没创意！"

（六）

韩信一死，钟离昧赶紧带着兵马离开淮阴，奔赴宿迁。这时候项日奎已经十岁了，秦舞阳所学的功夫已经全部传授给了他，他自己也琢磨会了项羽留下的独门绝技单手十八挑，简单地说，他已经天下无敌。

刘邦得知钟离昧逃到了宿迁，就亲自率大军来征讨。项日奎作为日月神教的教主，和浪荡千人组一起坚守后方。钟离昧被拜为大将军，统领他原来的部下，高渐离为军师。秦舞阳为先锋，率领五千日月神教的教徒，前去和刘邦的军队交战。

秦舞阳是第一次当官，第一次带兵，他虽然武功高强，却不懂兵法，最后受了埋伏，他跑了出来，他的兵死光了。这让秦舞阳感到很丢人，不知道怎么向高渐离和钟离昧交代。高渐离说："没关系，以后引以为戒就是了，第一次做事大都做不好，我第一吃橘子，连皮都吞了；第一次骑马，被摔进了沟里；第一次生病，差点被一帮庸医治死。第一次离家出走，差点饿死街头；第一次去厕所偷看女孩子，掉进了茅坑里差点臭死；第一次当军师，就派了你去和汉兵的精锐交锋。"

打了一次败仗之后，高渐离不再让秦舞阳单独领兵，而是让秦舞阳跟着自己，做他的护卫。遇到敌人了，秦舞阳便负责冲过去砍了敌人首领的脑袋，敌人失去了首领，就会乱成一团，之后高渐离再带着教徒们去砍汉兵的脑袋，就像砍黄瓜一样轻松。

就这样来来回回和刘邦交战，有输有赢，拖了一年，也没分出胜负。后来刘邦忍不住了，就出很多钱要买大将钟离昧的人头。正所谓人为财死，鸟为食亡，重赏之下，很多士兵都叛变了，每天都有人去行刺钟离昧。

为了改变局面，高渐离决定将计就计，说服钟离昧自刎，让项日奎冒充叛变的士兵，拿着钟离昧的人头去找刘邦领赏，只要能进刘邦所在的帐篷，以项日奎的武功，杀十个刘邦都没问题。就像当年的荆轲刺秦王一样。这件事告诉我们，世无新事，我们总是在重复前人做过的事，后人又会重复我们。

钟离昧听说自己的人头可以换取刘邦的性命，就很爽快地自刎了。项日奎带着钟离昧的头，一步三拜到了刘邦的营前。正在洗脚的刘邦听说有人杀了钟离昧，非常高兴，来不及穿鞋子，就冲出帐篷，想看一看杀了钟离昧的人是什么样的英雄。

项日奎虽然比同龄人高大威猛许多，但毕竟只有十岁，而且长得和项羽很像，白面如霜。刘邦一看是个小孩，心中就有些起疑，左手不自觉地就按在了佩剑上。

刘邦说："是你杀了钟离昧吗？"

项日奎说："废话！不是我，他的人头怎么会在我手上。"

刘邦说："你是用什么方法杀死他的？"

项日奎说："我是杀手，不是教书先生，我需要做的是帮你杀人，你需要做的是给我钱。如果你要知道杀人的方法，就得付两个人头的钱给我。"

刘邦说："你说话怎么和我当年的武术老师一个腔调。"

项日奎说："我们习武之人说话都这样。"

刘邦说："你长得很像一个人，尤其是皮肤。"

项日奎说："你怎么这么多废话，到底给不给钱。"

刘邦说："我看你是项羽的儿子吧！"

项日奎一听这话，知道计谋已被识破，于是丢下手中装人头的盒子，飞身向前去夺刘邦的剑。刘邦想不到项日奎的速度那么快，眨眼的工夫，刘邦的剑就到了项日奎手上。

不过刘邦穿了软猬甲，胸口还藏有护心铜镜，项日奎一剑刺下去，只划破了刘邦的衣服。刘邦转身要跑，项日奎第二剑已经刺出，直指刘邦的腋下，腋下是软猬甲最薄弱的地方，项日奎用的还是刘邦的倚天剑。所以一剑下去，虽然刘邦躲了一下，还是被刺伤了，黑血直流。这时旁边的侍卫已经反应过来，纷纷拔剑，救下刘邦，围住了项日奎。

趁项日奎和侍卫打斗的工夫，刘邦坐上马车，连夜赶回长安。倚天剑上有他涂的含笑百步颠，此药毒性极强，但不会迅速生效，中毒后会面带微笑跳动百步，并且心情舒畅，快乐不能形容。百步之后，即毒发身亡。

解药在吕雉身上。那时候没有飞机没有飞船没有火车没有汽车，有马车吧，路却不好，不能跑太快，颠簸得太厉害的话刘邦随时可能毒发身亡，等回到长安，刘邦没被毒死，却被疼晕了。

项日奎见刘邦跑了，就不再和那些侍卫纠缠，手起剑落，连杀十余人，飞身离开重围，回到了日月神教。

项日奎想，这次重伤刘邦，还得到了天下第一利器倚天剑，钟离昧死得也不算冤枉了。

刘邦被解了毒后，身体状况不但没有好转，反而越来越差，肌肉萎缩，大小便失禁。吕雉日夜守护在刘邦身旁，寸步不离。刘邦一睁眼，吕雉就说："你死了我可怎么办啊！"

刘邦说："你想改嫁吗？"

吕雉说："当然不是了，我的意思是，普天之下，只有你一个人把我当人看，别人都把我当妖怪，你要是死了，我肯定会受到群臣的排挤。"

刘邦说："你儿子不是太子吗，我死之后太子就是皇帝，你怕什么？"

吕雉说："太子是个傻子，你又不是不知道。"

刘邦说："那你想怎么办？"

吕雉说："你写一道圣旨，你若归天了，普天之下，所有人都要听我的。"

刘邦说："你自己写吧，写完了我签字。"

吕雉写了圣旨，刘邦签了字。过了几天，刘邦就死了。据说临死前，刘邦面带微笑地对身边的小太监说："曾经有一个人妖追我，我很珍惜，等到娶了她之后，我才后悔莫及。人世间最痛苦的事莫过于此，如果上天再给我一次机会，我一定会对那个人妖说，滚一边去！"

刘邦死后，太子即位，但太子是个傻子，所以朝中大小事都得请示吕雉。

刘邦一死，汉军斗志全失，高渐离趁机率兵占领了十几座城池。高渐离说，昔日刘邦占领项羽的领土，不出半年，我就能替项羽收回来。

但是说起来容易做起来难，刘邦的丧事办完，吕雉就亲自带兵来和高渐离交战，高渐离轻敌，结果大败。这时候高渐离对秦舞阳说，这样打来打去真的很烦。如果项日奎做了皇帝，刘邦的后人肯定也不服气，也要来报仇，这样下去就没完没了了。

秦舞阳说："要不就这样算了？"

高渐离说："那项日奎肯定不甘心。"

秦舞阳说："他不甘心是他的事，我们当初就不该掺和进来。"

高渐离说："咱不是小虞的娘家人吗？"

秦舞阳说："娘个屁，当初是帮兽医征婚才认识的小虞，后来你说小虞长得迷人，有助于刺秦，我们才带她在身边。后来秦始皇死了，你还带着她，我以为你要泡她呢，谁知道你迟迟不下手，最后居然让她搞师生恋。"

高渐离说："在一起久了，难免产生感情，只可惜不是爱情，我一直把她当妹妹。"

秦舞阳说："我知道，我也把小虞当妹妹。可是我不能不考虑小乐，这些年来，小乐跟着我东奔西走，没有丝毫怨言，但不能因为她没有怨言，我就不去想她的感受。她父亲和外婆都因为战争离她而去，如果我们再这样打下去，会有更多的家庭离散的。"

高渐离说："天下没有不散的宴席，你要走我也不留，我是一个搞音乐的，对战争也没兴趣，我迟早也要走。"

秦舞阳说："你为什么不现在就走？"

高渐离说："项羽把孩子托付给了我们。在项日奎成年之前我们是不能不管他的。再者，项日奎自幼跟我们学习武术和音乐，眼看他已经发芽开花，如果不看看结果就走了，你不觉得很遗憾吗？"

秦舞阳说："还用看吗，向日葵的结局当然是瓜子了。"

高渐离说："别开玩笑了，去前面看看，项日奎练了一天倚天剑法了，一点进步也没有，你去看看他错在哪里。"

刘邦虽然死了，项日奎却没有放下复仇之心，他还要杀吕雉。而吕雉身边终日有一群武林高手。好在项日奎拿到了倚天剑，剑鞘里有失传多年的倚天剑法。为了报仇，他没日没夜地练剑。

秦舞阳和高渐离到了前院，发现项日奎倒在地上，昏迷不醒，倚天剑扔在离他两米远的地方，剑尖上有血迹。院子里有打斗的痕迹，可以初步肯定，项日奎不是在练武的时候不小心伤到了自己。

剑尖的血迹呈黑色，项日奎的鼻孔里有粉色的碎末，秦舞阳想项日奎是先中迷魂散，后中含笑百步颠，所以才会昏迷不醒。是谁下的手，这么狠毒，而且对天下第一利器倚天剑毫无兴趣？

秦舞阳和高渐离手中没有解药，去找吕雉，她肯定不会帮忙。秦舞阳思来想去，只有用自己的功力逼出项日奎的毒，项日奎体内的毒被逼出的同时，失去了功力也失去了记忆。

项日奎失去记忆后，秦舞阳就带着小乐回到了苗寨，射鸟捕鱼，清闲度日。临走的时候，秦舞阳对高渐离说："你看，这样的结局多好。"

秦舞阳走之后，小白做了流浪歌手。小虞带着项日奎去找项羽学习养猪的技术，兽医做了江湖游医。一年后，吕雉派人把六国贵族的后代全部接到关中，画地为牢，汉朝的江山，从此固若金汤。

又过了很多年，秦舞阳下山买酱油，遇见在街头卖唱的高渐离。高渐离说："普天之下，只有你的人剑合一可以击败项日奎，只有你这样不需要兵器的人才会不稀罕倚天剑。以你的功夫，去吕雉那里取含笑百步颠的解药，如探囊取物。纵使没有解药，你也可以在不废除项日奎的武功和记忆的前提下救活项日奎。这些我都知道，只是不知道，你为什么要这么做。"

秦舞阳说："为了天下太平。"

（完）

# 后　记

　　改稿是比写新稿更艰难的事情，如果说写新稿是在白纸上画画的话，改稿就是把涂抹得乱七八糟的画变成白纸。

　　进行这项工作的时候，我常想起两年前我在北京做编剧时的经历，那时候天天讨论剧本，一部二十五集的电视剧写下来，废稿就有十多万字。

　　做编剧的报酬很丰厚，可因为不够热爱，一直做得不太开心。而写作刚好相反，虽然报酬不多，但因为是真心热爱的东西，是被视为生命中的一部分的存在，所以每次写的时候都很开心。即便艰难，也是痛并快乐着。

　　改稿的时候，我删掉了原书中穿越的部分，尽管很喜欢故事里最后一个场景——年迈的秦舞阳坐在城墙上回忆自己的一生，他知道，他再也回不去了。

两个相爱却不能相守的人，隔空怀念对方，虽然让人感动，却有损故事的完整性，两个时空的切换增加了很多笑点，讽刺了很多现实，却也分割了人物的性格。这虽然是一本黑色幽默的小说，关键词却不是幽默，而是荒诞。

我从小就喜欢读荒诞的小说，长大后写，便也想写这种。在我看来，整个世界，就是一个荒诞的大梦。

再版和初版比起来，最大的改变是结局。虽然新版老版的结局都是死，但老版是死在现代，死得不明白。新版是死在古代，哪里生哪里死，因权力而生，也因权力而死。

写这本书的初版的时候，我在成都，那时候小有名气，却又不被大多数人认识。那时候一年就出一本书，签约了，就呼朋唤友去大吃一顿，书上市了，再去大吃一顿。拿到稿费了，就去旅行。

那时候也有烦恼，也有忧愁，但是现在回忆起来，却觉得那时候的生活，真是畅快淋漓。有远方，也有心爱的姑娘。

可见美好的生活，永远只存在于回忆和幻想里。

现实生活中呢，我现在名气越来越大，每年要出五到六本书，经常写完这本书的后记，就开始写下本书的序言。有时候实在太累，不想写了，就会被来约稿的朋友说我要大牌。

很多时候觉得不能辜负朋友的信赖，拼了命去写，跟着就是一本又一本书的上市，这时候又有一帮朋友出来说，出书太多太频繁，肯定好不到哪儿去，肯定是敷衍之作。

好像不管怎么做都会有人说三道四，这大概就是成名后必须要付出的代价吧，我现在觉得这样的生活很痛苦，像机器人。但若干年后，回忆起来，我可能会觉得，这是我人生中最充实的一段时光。

也有为我着想的朋友说，我现在过得不自由，应该去追求自由。我仔细想想，现在确实不自由，需要对太多事情负责，不能像年少时那样说走就走了。

但我想牺牲这短暂的自由，如果可以换来长久的自由，那就是值得的。年轻的时候，不就是要奋斗吗？

去年我挺自由的，在家待着，不工作，甚至不写作，但待了一年后，我发现，那种生活是自由，却不是我真正喜欢的生活。

真正喜欢的生活，我寻找了十多年，还没有找到，但寻找的过程中，也并非一无所获，起码是收获了一批一直以来支持我的读者。

从这本书开始在《摩客》杂志连载，一直到现在，还在看我的书的那些人，我渐渐知道、认识并熟悉了她们。

刚开始连载的时候，世界上还没有微博的存在，更没有微信。我能看到的读者反馈，就只有贴吧、QQ 读者群，或者读者写给出版公司和杂志的一些信。

记得那时候的贴吧吧主映映还在读初中，现在已经大学毕业工作多年。后来的后援会负责人小绿也从中学到了大学，小倩、紫欣、易文、宁心、鲸鱼、伊人、林翊阳、木木、卿一、柠檬、睡睡、光曦、然然、梦露、黄吉吉、翠花、小安、格格、可乐、栀暖、南屿，还有一些默默支持，不怎么在群里活跃的小伙伴，都从小孩子变成了大姑娘。

没有改变的，就只有买书，晒书。也正是这样的支持，让我一直写到了现在。记得小凡凡说，随着年纪的增长，她已经很少看书，更很少看爱情小说了，但买我的书的

习惯，一直没有改变。即便生活环境变了，生活方式也
变了。

我不知道我还能写多少年，不光是生活方式和想法
的变化，越来越糟糕的身体，也让我从写第一本书时可
以连续写十个小时，变成了现在写一个多小时就会骨头
疼了。但我想只要还有这些伙伴的陪伴和支持，我就还
会写下去。只不过是身体好的时候，多写一些，身体差
的时候，少写一些。

面对读者，我觉得我最大的遗憾，就是写的作品还
是太少。还有就是没办法给所有来信的读者回信。

有一次我去公司办事，同事抱了一个箱子出来，那
里面光是广西贵港叫黄雯倩的小妹妹的信，就有十多封，
还有桔梗、曾维维、谖旸等。

有时候会觉得，自己何德何能，被这么多人喜欢着
或喜欢过。

被越多人喜欢，就越担心，自己一不小心会让他们
失望。因为不够帅，每次出去做签售会的时候，都特别
怕那些喜欢了太多年的读者来，怕破坏掉她们美好的想
象。同时却又期待她们来，看到真实的，没有任何光环
的我。

我固执地认为，只有看到你光芒万丈，又看到你普普通通，还是能够喜欢你，才是真的喜欢你。如果只是喜欢幻想中的你，那就非常容易破碎。

去年我去了上海、南京、合肥、郑州签售，今年已经在长沙、武汉做了读者见面会，接下来还会去北京、成都、杭州、厦门等地方，我会把我过去一个人走过的地方，重走一遍。

但愿未来的某一天，你会带着这本书，和我在路上重逢。有句话说得好，所有的相遇都是久别重逢。

初见在书中，相遇在现实里，也确实是重逢，而且就在我改写这本书的时候，有影视公司在谈这本书的网络剧和游戏的改编，也许很快，大家就可以在手机游戏里，在电脑和电视上，看到故事里的人物以动态的方式出现在大家面前了。

马叛

2016 年 5 月于长沙

## 附录：浅谈写作中常见的问题

**01：纸媒衰退的问题。**

现在传统媒体受到电子媒体的冲击很大，很多人觉得，纸媒要死了，做作家可能活不下去了。早在三年前，我也这么以为。但是现在我不这么觉得了。因为我们国家关于版权保护方面的法律法规正在规范化。

过去我写一本书，可以拿几万块钱出版稿酬，但是放到网上，可能一分钱收益也没有。但是现在，我新书的电子版权收益有时候比纸质书还多，这说明大家开始习惯在网上付费阅读了。

过去大家看免费的电子书，听免费的音乐，是习惯行为。现在改了坏习惯，这个行业就可以发展下去，而且肯定可以发展得更好。毕竟不管载体和平台怎么变，故事和创意是不会死的。而且因为图书和影视也走得越来越近，一本书的影视或者游戏版权售出，可以让作家生活好多年。

## 02：写不出稿子怎么办？

可能很多作者一开始都会遇到这样的问题，脑海里一堆想法，但是写不出来，写出来也是干巴巴的，不够生动，自己都不满意。

我一开始写的文也不行，惨不忍睹，更不要说拿去发表了。差不多是写了三年才开始真正有稳定的稿费收入。

写不好，很多时候是不够真诚。单就情感故事来说，当你技巧不够的时候，你唯一能做的就是真诚，让读者感受到字里行间的真情实感。还有就是要多经历，不能固定地生活在一个状态里，多行走，多读书。正所谓读万卷书行万里路，下笔自然如有神助。

当然有些人不行走不读书也能写出好故事，但那种人太少了，个例个案是最不足以效仿的。就像我过去效仿韩寒退学，但最后我发现他就是他，我只能走自己的路，成不了他，也不必成为他。

### 03：写出来被嘲笑怎么办？

我早些年写的文章，经常被人嘲笑，因为我是用第一人称写的，很多人会误以为故事里的我就是我本人。加上那时候刚刚离开校园进入社会，整个人是懵懂的，瞎写。

有时候在豆瓣看评分，满分十分，我的书常常只有六七分，看到评论里全是吐槽你写得烂的时候，心情是会不好。

但坚持下去就没事了，因为微博上还是很多人给我点赞发私信，说读了我的文受到了多大的激励或者感动哭了之类的。反正有人诋毁就有人赞美吧，只能平常心对待，毕竟每个人的口味是不同的，不管你写再好都有人不喜欢，既然是这样，那就没必要为了不喜欢你的人而改变自己，只要你自己能感觉到你在进步就好了。

### 04：迎合市场重要还是做自己重要？

我们给杂志投稿的时候，常常会遇到一个问题，就是杂志本身有自己的定位，你想在上面发表文章，就必须符合杂志的定位。符合杂志的定位，有时候就要改变自己。我有很长一段时间不愿意改变自己。因为我觉得改变了自己，迎合杂志迎合市场需要，就违背了我写作的初衷。

于是我疯狂写长篇，因为长篇小说的定位广泛点，限制少点。但后来我发现，如果不在杂志发表文章，不积累点人气，出了书销量也不会好。毕竟让别人为你埋单之前得先让人喜欢你，让人喜欢你之前得先让人知道你。

也因为这个迎合市场的问题，牵扯到了我早些年遇到的一个生存问题。早些年我喜欢音乐，但是没有音乐天赋。我觉得写作很苦，但是我很擅长写作，可以用比别人短的时间写得比别人好很多。是坚持自己的爱好，学音乐，一辈子默默无闻，还是放弃音乐，去认真写作，早点成名过上好生活呢？

我最后选择了后者，不仅仅是因为做人就是要先生存，后发展。更多的是因为，做人得正视自己的不足，你没有音乐天赋，再执着也没用。浪费时间在没用的事情上，是对自己不负责，对自己的家庭也不负责。

所以擅长永远大于爱好。可能很多人一下子不知道自己到底擅长什么，这就需要多去尝试。我以前是尝试学各种东西，学电脑维修、平面设计、厨师，就差没学挖掘机氩弧焊了，还学唱歌、跳舞、音乐、写作等，最后才发现，自己写作方面好一些。多尝试，就一定能找到你擅长的。

### 05：一夜成名，被读者疯狂追求怎么办？

可能有些人找到自己擅长的东西，坚持下去，很快就成功了。但如果没有好的心态，成功得快，被淘汰得也快。捧杀比棒杀更可怕。

我有很多朋友，都是没做好准备，就成名了，然后忙于琐事，写作上再也没有进步。短时间看不出来，十年过去，你就会发现，他已经消失在这个圈子了。当年的声名显赫也早就被人遗忘了。

名利其实是很虚的东西，只有实实在在地写出好东西才能对抗时间的清洗。而多数写出好东西的人，都是经历了无数挫折磨难的，这些挫折磨难对于写作来说是一笔巨大的财富。

成名后会受到大批的读者追捧，你每条留言都回复，对方会觉得你不够高冷。你都不回复吧，人家又觉得你装。最好的办法就是偶尔回复一下，把更多的时间，用在出新作品上。

毕竟写作是一辈子的事情，非常漫长。几十年过去，成败得失你会看到很多，看得远一些，心态就会稳一些。

我有几年写的东西销量不好，没人给我出书，我就写给自己看，中间因为电脑丢了，我还重写了一遍。当时看似白写，过了五年，这些书都出版了，而且比五年前价格还高。五年后我只后悔当时写得太少了。因为过了那个阶段，写的文字感觉都会变，没有当年那种轻狂的心态了。

### 06：父母反对怎么办？

我现在出了快二十本书了，父母还是觉得写作不是正当行业。因为看不见摸不着。不属于父母的认知范畴，在他们眼里，作家是另外一个世界的存在，太不安稳了。

其实不单单是写作，从事任何特殊点的行业，父母都会反对，除非父母非常开明，否则冲突是在所难免的。好在血缘关系是怎么冲突都断不了的，所以当你认定了这是你要走一生的路的时候，不管任何人反对，不管遭遇什么贫穷挫败和质疑，都不能放弃，因为只有你坚信你能成功，别人才会渐渐认可你。你的人生只属于你自己。

### 07：平台分化严重怎么办？

现在作者想成名，比过去要难很多。因为整个人类的注意力都在下降，加上平台分化严重，过去大家都看书看报纸，整个青春文学领域就一本《萌芽》杂志。现在杂志多了网站也多了，大家可以从不同渠道获取自己需要的东西，想跨领域太难了。

通常在知乎很出名的人，到了豆瓣和微博就没人认识了，在豆瓣微博很红的人，去片刻去简书或者人人网，也会变成新人。过去我在《萌芽》发一篇文章收到的读后感，比现在出本书都多。

还有一些网站比如小咖秀、B 站等，我还没注册账号去玩，它们就已经过了它们的巅峰期。面对这样平台分化严重、新旧更替过快的现象，作者能做的就只有提高质量和产量，尤其是产量。平台多，产量就不能少。不然很快就会被遗忘。

### 08：自由撰稿人的生活是怎么样的？

我十四岁离开学校，二十五岁开始正式到出版公司上班，玩了十一年，二十八岁的时候又辞职在家玩了一年多，总体来说包括我现在上班也是自由状态。我每年会旅行两个月，剩下的时间就是看书写作。每天早睡早起，保持健康作息和健康的身体。写长篇小说是力气活，身体不好干不了。可以说做一切事情的前提，都是保持健康的身体。因为做作者的同时还做编辑和编剧，我比大多数人的阅读量都大，写过的文章也有几百万字，每天都要对着电脑工作七八个小时，但我的视力还是和儿时一样，这就是健康作息的益处。

### 09：一本书的诞生要经过哪些流程？

一本书的诞生要通过的流程有：作者写稿，编辑写文案找设计师做封面，校对改稿，美编排版，出版社审核下书号，印刷厂印刷，以不同折扣发给各地的书店网店。最难的其实是设计封面和内页，文案要足够精简有力，内页要别致有趣。像我的新书《爱情纪念馆》就是双色印刷，做了很多赠品来增加卖点，书虽然文雅，也是商品，以后大家做编辑做作者都要先懂得包装产品。

### 10：读哪些书有助于写作？

我很少给人列书单，因为每个人的喜欢是不同的。只能谈谈我个人喜欢的，国内是王小波，国外的是毛姆和马尔克斯。他们的思想、人物、故事结构，都非常有特点，我们写作的时候，也要注意留下特点，也就是辨识度。

**图书在版编目（CIP）数据**

剑客没有剑 / 马叛著 .-- 武汉：长江文艺出版社，2016.8

ISBN 978-7-5354-8894-7

I. ①剑… II. ①马… III. ①长篇小说—中国—当代 IV. ①I247.5

中国版本图书馆 CIP 数据核字 (2016) 第 119842 号

**剑客没有剑**

马叛 著

选题产品策划生产机构 | 北京长江新世纪文化传媒有限公司

选题策划 | 金丽红 黎 波 安波舜

责任编辑 | 张 维　　　　装帧设计 | 一 林　　　　媒体运营 | 刘 峥

项目策划 | 孙 岩　　　　内文排版 | 张景莹　　　　责任印制 | 张志杰

封面插图 | 郑诗怡　　　　内页插图 | 符 殊

总 发 行 | 北京长江新世纪文化传媒有限公司

电　话 | 010-58678881　　　　　　　　　　　传　真 | 010-58677346

地　址 | 北京市朝阳区曙光西里甲 6 号时间国际大厦 A 座 1905 室　　　邮　编 | 100028

出　版 | 长江出版传媒　长江文艺出版社

地　址 | 湖北省武汉市雄楚大街 268 号湖北出版文化城 B 座 9-11 楼　　　邮　编 | 430070

印　刷 | 北京玥实印刷有限公司

开　本 | 787 毫米 ×1092 毫米　　1/32　　　　印　张 | 6.5

版　次 | 2016 年 08 月第 1 版　　　　　　　　印　次 | 2016 年 08 月第 1 次印刷

字　数 | 100 千字

定　价 | 36.80 元

盗版必究（举报电话：010-58678881）

（图书如出现印装质量问题，请与选题产品策划生产机构联系调换）